친정엄마와 2박 3일

나남
nanam

나남산문선 · 69

친정엄마와 2박 3일

2007년 3월 30일 발행
2011년 12월 25일 12쇄

저자_ 고혜정
발행자_ 趙相浩
발행처_ (주) 나남
디자인_ 이필숙
본문 일러스트_ 김지현
주소_ 경기도 파주시 교하읍
        출판도시 518-4
전화_ (031)955-4600(代)
팩스_ (031)955-4555
등록_ 제 1-71호(79. 5. 12)
홈페이지_ www.nanam.net
전자우편_ post@nanam.net

ISBN 978-89-300-0869-3
ISBN 978-89-300-0859-4(세트)
책값은 뒤표지에 있습니다.

나남산문선 · 69

친정엄마와 2박 3일

고혜정 지음

나남
nanam

혼자 잘나서 잘사는 줄 알던 못된 딸과,
이 세상에 와서 제일 보람있는 일이 딸을 낳은 것이라는
친정엄마의 가슴아픈 이별이야기

01

빨간색으로 이름을 쓰면 엄마가 죽는다.

그릇을 포개놓고 음식을 먹으면 엄마가 죽는다.

머리에 흰 핀을 꽂으면 엄마가 죽는다.

해가 바뀌고 맨 처음 보는 나비가 노랑나비이면 행운이 오지만 흰나비이면 엄마가 죽는다.

몇 살 때인지 기억은 안 나지만 내가 어렸을 적에 내 또래들 사이에서 이런 말들이 떠돌면서 우리에게 무시무시한 공포감을 주었다.

그때, 열 살 안쪽의 그 나이 또래의 우리들에게 제일 무섭고 겁나는 얘기는 엄마가 죽는다는 것.

죽음이 뭔지는 모르지만 막연히 엄마가 죽는다는 것은 우리가 버려진다는 것이었고, 우리가 거지가 되거나 새엄마의 구박을 받으며 살아야 한다는 걸로 받아들여야 하는 것으로, 어린 우리들에겐 최고의 공포인 것이 당연했을 것이다.

그래서 우리는 친구들과 놀다가도 조금이라도 찜찜한 일, 하기 싫은 일이 생길 때에는 그러면 엄마가 죽을지도 모른다는 말을 하며 서로에게 협박을 하기도 하고, 조심할 것을 의논하기도 했던 거 같다.

엄마가 죽는다는 건 어린 우리에게 어쩌면 세상을 다 잃는다는 뜻이었는지도 모르겠다.

그러나 그때 우리는 아무도 진실을 몰랐다.

진실은 우리들이 만들어낸, 아니 누군가가 만들어낸 말들이 전해지고 전해져서 진실이 되는 것이 아니라 엄마가 태어날 때부터 엄마는 언젠가는 죽는다는 것, 그것이 바로 아무도 거역할 수 없는 진실인 것이다.

언젠가는 엄마가 우리를 남겨두고 우리 곁을 떠나는 것.

그것이 이 세상에 태어나면서 엄마가 가지고 태어난 진실이다.

하지만 그런 확고한 진실에도 예외는 있다.

대부분 엄마가 자식보다 먼저 죽지만 때로는 자식이 엄마보다 먼저 죽기도 한다는 예외.

그 예외의 진실을 어린 시절 우리는 몰랐다. 아무도.

✽　✽　✽

엄마… 엄마가 있는 곳으로 가는 거야.
정읍에 가면 엄마가 있어. 그곳엔 엄마가 있어.
정읍에 가면, 우리 집에 가면 엄마가 있어.
가자, 정읍에 가자. 우리 집에 가자.

그동안 잊고 지내던 우리 집과 엄마를 생각하니 가슴이 묵직해지면서 마음이 더 급해진다.
지금은 엄마를 만나야 한다는 생각밖에 아무런 생각도 할 수가 없다. 그러나 엄마를 만나면 내가 무슨 말을 할 수 있을까?
지금 이 순간 엄마를 만나는 일이 과연 잘하는 일인지는 나도 알 수가 없다.
그저, 엄마가 생각났고 엄마를 봐야 한다는 것밖에는.

"언제 한 번 안 올래?"
"왜? 무슨 일 있어?"
"일은 무슨… 그냥 보고자픈게."
"나 바뻐."
"그려, 바쁘겄지. 직장 다니랴, 살림허랴."

"별일 없지? 할 말 없으면 끊어."

며칠 전에 느닷없이 엄마는 전화해서 필요 없는 말만 했고, 나는 짜증스럽게 먼저 끊어버렸었다.

노인네, 참 신세 좋네. 한가하게 자식들이나 보고 싶어하고.

그렇게 나는 나 편한 대로, 내 위주로 사는 사람이다.

이거저거 신경 쓸 거 많고, 몸이 둘이라도 모자라서 하루 24시간을 어찌 쪼개야 잘 쪼개 썼다고 소문날까를 궁리하며 허둥대다 보니 매번 만만한 잠자는 시간만 피해를 보고 있다.

그래서 나는 늘 '피곤해, 실컷 자고 싶어'를 입에 달고 산다.

신경은 예민해질 대로 예민해져서 온몸의 털이 다 서 있는 듯한 느낌이고 누구랑 말하는 것도 귀찮고, 나랑 별 관계없는 일을 신경 쓰는 것도 짜증스럽다.

내가 점심을 뭘 먹든, 코트와 스카프의 색깔이 맞든 안 맞든, 구두 뒤축이 달았든 삭았든, 피곤해 보이든, 얼굴색이 안 좋든….

제발, 제발 좀 신경 꺼줬으면 좋겠다.

'너나 잘 하세요'라고 내 얼굴에 써 붙이고 다니고 싶은 생각이 들 때가 한두 번이 아니면서도 늘 그저 사람 좋은 미소로 그들의 걱정에 답한다.

아주 고마워죽겠다는 미소로.

사회생활을 하면서 내가 배운 처세술 중 가장 유용한 것이 속 마음 숨기고 미소 짓기다.

그러나 이 유용한 미소도 엄마에게만은 안 써먹어진다.

그냥 엄마에게는 먼저 짜증부터 나간다.

엄마의 말꼬리가 끝나지 않았는데도, 엄마가 뭔가 얘기만 꺼내도, 내가 그렇게 짜증부터 내면 엄마는 또 당신이 뭔가 대단히 잘못하신 줄 알고 얼른 미안하다는 말로 얼버무리며 내 눈치를 보신다.

그게 속상하고 싫어서 나는 더 짜증을 낸다.

이래저래 아무것도 모르고 당하는 엄마는 그저 딸 눈치만 보는 게 요즘은 일이다.

딸이 보고 싶어도 제대로 보고 싶다는 말도 못하고 걱정되어도 걱정도 맘대로 못한다.

내 신경질 때문에.

김치를 비롯한 밑반찬을 해주고도 욕먹는다.

누가 먹는다고 이렇게 많이 했냐, 허리 아프다면서 이건 왜 했냐, 슈퍼 가면 다 있는데 왜 이렇게 미련하게 다 싸 보냈냐….

불쌍하신 양반.

그렇게 못되고, 인정머리 없는 딸년을 늘 그리워하시는 못난 양반.

✤　✤　✤

“많이 안 좋은가 보네. 오빠 표정 보니….”

“그런 건 아니고….”

“아니긴 뭘…, 오빠 얼굴에 심각하다고 써 있는데.”

“흠…, 남편이랑 한 번 같이 나와라.”

“그 정도야? 보호자한테만 말해야 되는…? 내 몸의 보호자는 나야. 나한테 말해줘. 심각하구나?”

“네 남편이랑 경수한테 연락하자.”

“말기야?”

“현대 의학으로 못 고치는 병 없어.”

“수술… 해야 돼?”

“차라리 수술을 할 수 있는 상황이면 다행인 거야.”

“그러면…나는…?”

“수술만이 방법은 아니야. 더 좋은 방법이 많아. 야, 나 너랑 이런 말 하는 거 참 괴롭다. 경수랑 할랜다.”

“오빠, 내가 얘기할게. 가족들한테는 내가 할게. 우리 오빠한테도 절대 말하지 마. 내가 직접 말하게 해줘. 나 가망 없는 거지?”

“에이, 정밀검사를 해보자. 빨리 가족들에게 알리고 입원해.”

어수선한 소리에 눈을 뜨니 열차 내 방송에서 정읍역을 알리는 안내방송이 흘러나오고 있다.

KTX를 타고 2시간 30분을 나는 눈 한 번 뜨지 않고 잠에 취해 있었나 보다.

장소를 가리지 않고 취한 오랜만의 숙면이었지만 몸이 그리 개운한 거 같지는 않다.

정읍역에 내려서 들이쉬는 공기는 냄새부터가 다르다.

뭐랄까, 아주 익숙하면서도 편안한 냄새.

그동안 한 번도 고향이라고 그리워해 본 적 없지만 막상 이렇게 고향 역에 내려서 숨을 쉬니 가슴이 뛰는 걸 느끼겠다.

20여 년 전 서울로 대학을 가게 되면서 이곳에서 엄마, 아버지의 배웅을 받았었다. 라면박스 두 개가 다였던 나의 짐들.

그때 서울살이를 하려고 떠나는 딸을 위해 자전거 뒤 짐칸에 라면박스를 실어다 주셨던 아버지.

허허거리며 사셨던 아버지는 주머니가 가벼우신 분이었다.

돌아가시고 나서 챙긴 아버지의 재산은 낡은 자전거 한 대와 헌옷 몇 벌이 전부였다.

유일한 아버지 재산이었던 그 자전거에 라면박스를 싣고 천천히 페달을 밟아 정읍역에 짐을 내려놓고 나를 기다리시던 그 구부정한 모습.

"넘들이 딸년 서울로 대학 보낸다고 쑥덕댄다고? 병신육갑허든 갑네. 넘이사 딸년을 서울로 보내 공부를 시키든 미국유학을 보내든 저그들이 뭔 상관이여? 부러우면 좋게 부럽다고 헐 일이지, 뭔 지랄염병들인고. 인자, 두고 보라지. 늘그막에는 내 신세가 젤로 좋을 것인게. 내 새끼 출세허믄 나한티 다 갚어줄 것이여."

그러나 그 딸년은 혼자 잘나서 잘사는 건 줄 알고 살다가 이제는 빈털터리가 됐다.

몸도 마음도 다 세상에 뺏겨버리고, 딸년 출세로 보상받으려고 쓴 담배를 위안 삼아 뼈 빠지게 고생만 하다 가버린 아버지 곁으로 가야 될 어쩔 수 없는, 기막힌 상황이 되었다.

아빠, 미안해요. 효도는 출세를 해야만 하는 것이 아니라는 걸 이제 깨달았어요. 아빠 계실 때, 출세한 딸년은 상전 노릇만 했지 제대로 기쁘게 한 번 못해드렸네요. 아빠 말씀처럼 출세한 딸. 그 출세 덕분에 아빠 곁으로 빨리 가게 되었네요. 아빠 곁으로 제일 빨리 가는 딸. 다 잘난 덕분에… 출세한 덕분에… 아빠 기다리세요. 제가 이제부터라도 아빠 곁에 꼬옥 붙어서 효도할게요.

눈에 익은 초록색 대문이다.

군데군데 칠이 벗겨졌고 녹꽃이 폈지만 아버지가 돌아가신 후로는 아무도 그 문에 신경 쓰지 않기에 그 녹꽃은 문득문득 아버지의 부재를 일깨워주는 역할을 하고 있다.

사자얼굴을 한 문고리도 예전의 위엄은 사라지고 그저 그곳에 붙어있어 주는 것만으로도 감지덕지한 모습이다.

이 너머에, 이 대문 너머에 엄마가 있을까?

오후 3시가 조금 지난 시간. 엄마가 이 시간에 집에 있을까?

문득 엄마는 매일매일 뭘 하며 시간을 보낼까 하는 궁금증이 생긴다.

내 발등을 내려다본다.

긴 바지 밑으로 가죽구두의 끝이 보인다.

피식 나오는 웃음.

하얀 운동화는 아니지만 발끝에 힘을 모아본다.

그리고 심호흡을 한 후 발을 들어 힘껏 대문을 찬다.

순간, 나는 20여 년 전의 여고생이 되어 소리도 지른다.

"엄마―."

"오메, 내 새끼."

엄마는 거기 있었다.

언제나, 내가 부르면 대답하는 엄마.

내가 멀리멀리 갔다가 돌아와 보면 엄마는 언제나 그 자리에서 나를 지켜보며 기다리고 있었다. 오늘처럼 언제나 쭉―.

"엄마—." "오메, 내 새끼."
엄마는 거기 있었다. 언제나, 내가 부르면 대답하는 엄마.

02

아침부터 까치가 우네.

오늘… 오려나?

매정한 사람. 나 같으면 열두 번도 더 왔으련만 어쩌면 이렇게 한 번도 안 와서 내 속을 태우나.

하긴…, 참고 사는 그 속이 오죽할까?

어쩌면 오고 싶어도 못 오는지도 모르지.

오고 싶으면 오면 될 것을, 무슨 생각이 그리 많아 그렇게 못 오나.

이렇게 기다리는 사람이 있건만.

그래서 이 자리를 못 뜨고 있는 이 못난 사람이 있건만.

참으면 병 된다는데… 그저 훌훌 털고 살아야 되는데.

그 참고 사는 속이 오죽할까?

그 속 타는 냄새가 이렇게 진동을 하는데 왜 아닌 척 하고 있는지.

와도 열두 번도, 스무 번도 더 왔을 길인데….

반찬도 없는디… 어쩌까. 아이고, 가시내 올라믄 미리 말 쪼까 허고 오제. 오메, 뭣을 조께 히서 멕이까? 근데 뭔 일이까? 갑작시레 왜 왔으까? 김 서방이랑 싸웠는가? 아니, 싸웠다고 친정으로 쪼로록 올 애가 아닌디. 회사는 어쩌고 왔능가, 세상에서 내가 제일 좋아하는 우리 딸. 보기도 아깝고, 봐도 봐도 보고 싶은 내 새끼. 일 년에 서너 번씩밖에 안 내려오는 야속하지만 반가운 내 딸.

이상하다.

구두를 벗고 방안으로 들어가는 딸의 뒷모습에 어째, 시커먼 그림자가 따라붙은 거 같은 착각이 들어서 무서운 맘이 들어 나도 모르게 몸서리가 쳐졌다.

이게 뭔 조화인지… 늙으면 죽어야지, 어째 요즘은 생각허는 거마다 이렇게 방정맞은지 모르겠다. 맨날 바쁘다는 소리를 입에 달고 사는 딸이 갑자기, 그것도 혼자서 와서 그런가.

이럴 때 엄마는 불안하다.

하지만 또 대놓고 물어볼 수 없는 것이 엄마다.

딸이 신경질 낼까 봐, 딸이 불편해 할까 봐 그저 눈치만 보는 게 엄마다.

딸들이 먼저 시원시원허게 엄마한테 말해주면 좋으련만 대한 민국에 그런 딸이 몇이나 되겠는가.

이 집 딸, 저 집 딸 탓헐 거 없이 어째 딸들 성격은 다 비슷헌고.

엄마가 뭔 말 좀 하면, 모르면 가만있으라고 허고, 궁금해서 뭣 좀 물어보면 엄마는 몰라도 된다고 하고.

엄마를 젤로 만만하게 생각하는 것이 딸들인 거 같다.

그래도 엄마한테는 딸밖에 없다.

서운했다가도 금방 풀리고, 안 보면 보고 싶고, 속엣애기 다 터 놓고 얘기하기도 하고.

처음에 딸을 낳아놓으니, 남편이랑 시숙이 마당에서 한다는 소 리가 '아무 쓰잘데기도 없는 가시내를 낳았다' 고 해서 어찌나 슬 프던지 핏덩이 끌어안고 울었었다.

아따, 허지만 지금 생각하면 내가 저 딸 하나를 어쩌다 낳았는 지 참말로 아슬아슬한 일이다.

고추 달린 놈들이야 낳을 때만 기쁘고 키울 때 든든한 것이지 키우는 재미도 딸이 낫고, 엄마 속 알어주는 것도 딸이고, 나이 들 수록 의지가 되는 것도 딸이었다.

아들이나 딸이나 같은 자식이고 다 내 속으로 낳았는데 어째 엄마한테 딸은 생각할수록 애틋하기만 하다.

어째 그리 미운 맘이 없고 봐도 봐도 보고 싶은지.

특히 우리 딸은 어려서부터 내 말동무가 되어 준 딸이어서 더 정겨운 것인지도 모르겠다.

그렇게 크면서도 든든했지만 잘 커서 좋은 회사 들어가서 이 못난 어미의 자랑스러운 딸이 된 귀하디 귀한 딸이 오늘은 어쩐지 이상하다.

딸의 뒷모습에서 한기를 느끼는 것은 무엇 때문일까?

"엄마, 나 갈아입을 옷 좀 줘요."

"암만 이짝 방으로 오니라."

윗방으로 딸을 데리고 가서 이 옷 저 옷을 꺼내 앞에 던져놓았다.

"아무 놈이나 맘에 드는 놈 입어. 다 니 옷이었응게. 니 몸에는 다 맞을 것이여."

"아니, 이게 다 왜 여기 있어? 안 버렸어?"

"우리 딸 입던 것을 왜 버려? 아깝게."

"아이구, 이거 내가 대학 때 입던 거랑 처녀 때 입던 거잖어. 대체 언제 이런 걸 다 갖다놨어?"

"니가 버린다고 내놓을 때마다 내가 시골 갖고 가서 시골양반들 일헐 때 입으라고 준다고 챙겨왔지."

"그래놓고 왜 안 줬어?"

"이놈 옷들이 참 신기히야, 아무리 빨아도 니 냄새가 나야.
그리서 꼭 너랑 같이 있는 거 같어."

"니 냄새 난게, 니 옷에서 니 냄새 난게 나는 좋아야. 그리서 여그다 갖다놓고, 내가 일헐 때도 입고, 잠잘 때도 입고 그런다. 얼마나 좋은지 몰라."

"내가 못 산다 못 살아."

"이놈 옷들이 참 신기히야, 아무리 빨아도 니 냄새가 나야. 그리서 꼭 너랑 같이 있는 거 같어."

"청승… 남들이 욕해. 딸이 옷 한 벌도 안 사준 줄 알고."

"냅둬, 나 좋아서 허는 일인디 뭐, 너는 신경 쓰지 마. 그나저나 뭣이 먹고 잡냐? 맛있는 거 뭐 히주까?"

"아무것도 생각 없어. 아니다 엄마, 된장찌개나 짭짤하게 끓여보지."

"겨우, 된장찌개여. 아따 참말로… 알았어. 내가 금방 끓일랑게 너는 옷 갈아입고 한숨 자."

딸이 갈아입을 옷을 두어 개 골라서 들고 나간다.

헛것이 아닌가? 어째 딸의 뒷모습에 검은 것이 어른거리는지.

늙어서 눈이 침침하기는 해도 헛것을 볼 나이는 아닌데.

03

갈아입을 옷을 챙겨 안방으로 건너왔다.

엄마 때문에 또 속이 상한다.

언제적 입던 거라고 그것들을 다 갖고 있단 말인가?

엄마의 그런 집착이 싫다.

자식이 대체 뭐기에, 딸이 대체 얼마나 좋아서 딸이 입던 옷이
라는 이유만으로 늘어지고 색 바랜 싸구려 옷들을 저렇게 신주단
지 모시듯 빨아서 넣어두고 아낀단 말인가.

나는 그 옷들을 보는 것도 싫다.

내 구질구질한, 잊었던 과거들이 생각나 싫다.

너는 참 본 것 없이 자랐구나.

쯧쯧, 뭘 사보질 않아서 안목이 그거밖에 안되는구면.

넌 우선 안목부터 키우는 게 급할 거 같다.

너 이런 거 첨 보지?

비싸다고 생각하지 마라.

니 기준보다는 우리집 기준, 우리 아들 체면에 먹칠 안 할 기준
에 맞춰라.

돈도 써본 놈이 쓰고, 고기도 뜯어본 놈이 뜯는다는데

명품도 써보고 사본 사람이 잘 고르지.

딴 세상이었다.

난 내가 그 세상에 들어가면 그동안의 나는 없어지고 딴 세상
의 나로 다시 나게 될 줄 알았다.

그러나 나는 그 세상에 적응을 못했고, 그 세상 사람들과 융합
을 못했다.

노력하면 할 수도 있었겠지만 나는 그 세상 사람들과 별로 융
합하고 싶은 마음이 없었다.

별로 닮고 싶지 않은 사람들이었으니까.

그런 나에게 남편은 늘 자격지심이라고 했다.

나는 그런 사람들과 섞여 살아야 하는 수치심이라고 반박했다.

그렇게도 딴 세상을 선망하던 내가 소원대로 그 세상에 발을
딛는 순간 그때부터 내 인생은 내가 알 수 없는 곳으로 흘러간 거
같다.

컴컴한 큰방에서는 구릿한 메주 띄우는 냄새가 났다.

아랫목 천장 선반에 메주들이 짚으로 동여매져 줄줄이 매달려 있다.

어려서는 저것이 그렇게 싫어서 제발 방안에 메주 좀 매달아 놓지 말라고 소리질렀었는데 지금은 오랜만에 보는 동생같이 반갑고 정겹다.

코트를 벗고, 윗방에서 가져온 예전의 내 껍질에 내 몸을 넣고 어둠에 익숙해진 눈으로 방안을 살펴본다.

우리 집이 맞네.

방바닥에는 초라하고 낡은 이불이 펴져 있었는데 스타킹 밑에서 느껴지는 방바닥은 얼음장이다.

얼른 발을 옮겨 이불 밑으로 넣었으나 마찬가지다.

대신 발바닥에 딱딱한 뭔가가 닿아 허리를 굽혀 이불을 들춰 보니 전기장판이다.

내 뒤를 따라 들어온 엄마가 낡은 장롱문을 열어 깨끗한 이불 한 채를 꺼내서 내 앞에 던져놓고, 낡은 이불을 주섬주섬 챙기며 말했다.

"혼자 산게 보일라 기름 값도 아깝당게. 추울 때만 전기장판 쪼깨씩 때고 누웠으믄 딱 좋아야. 아이고 우리 딸 왔응게 오랜만에 보일라 좀 때야겠네. 금방 따숴질 것인게 이놈 덥고 좀 누워 있어라."

엄마는 낡은 이불들을 들고 나가신다.

정말 내 인생은 왜 이 모양인가?

친정이라고 와봐야 마음이 편하지가 않다.

엄마의 저런 모습이 나를 더 마음 아프게 하고, 나를 둘도 없는 불효자식으로 만드는 것만 같다.

엄마가 이렇게 사는 걸 우리 형제 중 누구 하나 알고 걱정한 적 있었던가.

우리는 아파트에서 반바지에 반팔 입고 아이스크림 먹으며 TV 보는 시간에 엄마는 이 전기장판 위에 늙고 힘없는 몸을 눕히고 자식들 생각을 하고 계셨을까?

친정 잘사는 여자들이 또 한 번 부럽다.

친정 때문에 걱정하지 않아도 되는 여자들은 얼마나 좋을까?

이렇게 친정에 와서 속상하지 않고, 어리광만 피우다가 참기름 병, 고추장 단지, 된장 단지 잔뜩 챙겨가기만 하면 되는 여자들은 참 좋겠다.

오빠, 대출이라도 받아서 좀 해줘. 김 서방 지금 중요한 때란 말이야. 남들은 사위 사업한다고 하면 처가에서 사업자금도 대주고 그런다더라. 나는 친정이 못사니까 시집가서 기도 못 펴고 살아. 김 서방 사업 시작할 때 우리 시댁에서는 1억 왔다. 우리 쪽에서는 오빠만 빈손으로 와서 얼굴 비추고…. 오빠 못났다고 탓하는 게 아니잖아. 오죽하면 내가 이러겠어. 이 집 오빠집이잖아, 이 집 담보로 제발 대출이라도 좀 받아줘. 내가 꼭 갚을게. 응, 오빠.

깜빡 잠이 들었었나 보다.

누군가 조심스럽게 나를 부르는 소리에 눈을 떴다.

이른 저녁상이 들어왔다.

일어나 앉으려는데 오른쪽 가슴 밑이 칼로 찌르는 것처럼 아프다.

손으로 가슴 밑을 살살 문지르며 일어나 앉았다.

엄마가 보기에 나는 얼른 배가 고파서 그런다고 말했다.

옛날부터 봐오던 작은 상에 밥 두 그릇과 된장찌개, 그리고 한 겨울을 보낸 김장김치가 썰지 않은 채 그대로 담아 올려졌다.

내가 썰지 않은 김치를 심란하게 보는 듯했던지 엄마가 얼른 웃으며 말했다.

"이상허게 김치는 칼 대믄 맛이 없더라, 쭉쭉 찢어서 먹어야 제 맛이제. 밥 떠라, 뜨거운 밥에 김치 쭉쭉 찢어서 걸쳐 먹으믄 둘이 먹다 둘 다 죽어도 몰라."

엄마는 김치를 찢어 내 숟가락 위에 올려주며 계속 말한다.

"올라믄 온다고 미리 말을 허든가, 반찬이 암것도 없네. 겨울내

이 김장김치만 먹고, 이놈이 마지막 항아리 헐은 놈이다. 땅에 묻어두었더니 아직도 맛있고만. 지난 겨울에 정읍에 눈이 엄청 와갖고 난리 났었다. 야채가 금값이고 학교고 공장이고 다 쉬고…, 저그 저 북면이랑 산내 소성 이쪽은 비닐하우스 허는 사람들 다 망했다네. 시장에 나가봐도 물건이 없어갖고야… 아이고, 이놈 김장 안 히놨으믄 맨밥에 간장 찍어 먹음서 살뻔했어. 아따 눈도 눈도 그런 눈은 내 평생에 첨 봤네.”

“텔레비전에서 봤어.”

“정읍 눈 많이 와서 난리 난 거 봤어?”

“응.”

“근디 너는 엄마한티 안부 전화도 안했냐?”

“엊그제도 통화했잖아?”

“아니 그때 눈 많이 올 때 말이여, 그 안부 전화는 안했잖여. 엄마가 정읍에 있응게, 눈에 파묻혔는가 전화라도 히보지.”

“멀쩡하잖아. 내가 안 해도 오빠나 동생들이 했을 거고, 무슨 일 있으면 바로 나한테 얘기했겠지.”

“오빠는 오빠고, 너는 너제. 아따 근디 아무리 생각히도 그 눈이 예삿눈이 아니더라. 내 생전에 눈이 그렇게 많이 온 것은 첨 꼴이랑게. 비닐하우스고 집이고 다 무너져버리고, 짐승들도 다 얼어 죽어버렸응게. 여그 저그 못 산다고 곡소리 나고… 쯔쯧. 야

야, 암만히도 내 생각에는 정읍이 하느님한테 미움받어버렸는가
벼, 근게 정읍만 그렇게 눈이 퍼부어서 난리였제. 대체 뭔 미움을
받었길래 하느님이 그렇게 싹 쓸어버렸으까?"

"엄마, 말도 안되는 소리 좀 그만해."

"야는 내가 뭔 말만 허믄 말이 안된다더라. 그믄 내가 허는 소
리는 말이 아니고 소냐?"

"맨날 이렇게 먹고 살어?"

"머시?"

"맨날 김치 한 가지, 된장찌개 한 가지 이런 거 하나씩만 놓고
먹냐고?"

"그것도 감지덕지제. 야야 산목숨 이어갈랑게 끄니때 되믄 한
술 먹는 것이제 뭐 있간디. 음식도 맛있게 먹어주는 사람이 있어
야 해지제, 내 목구멍에 넣자고는 안 해지드라."

"내일 나랑 맛있는 거 먹으러 갈까?"

"쓰잘데기없는데다 돈 쓸라고 허네. 나가봤자 비싸기만 허지 맛
도 없어야. 집에서 내가 히주는 놈 먹는 것이 돈도 안 들고 맛나."

"그러니… 평생 좋은 음식 한 번 못 먹고 살지. 자식들이 맛있
는 거 사준다고 하면 좀 좋아하면서 따라나서 봐."

"내 자식 뼛골 빠지게 번 돈 한 푼이라도 쓰는 거 아까워서 그
러제. 그리고 늙은게 맛난 것도 없더라. 너그 아부지나 살아기시

든 같이 갔을랑가 불쌍헌 양반. 좋은 양반이 너무 일찍 갔어."

"나는 왜 이 맛이 안 나지? 나도 엄마가 보내주는 된장으로 끓이는데."

"뭐 별거 넣도 안했어, 장을 봤어야 뭘 넣제. 그냥 있는 거 막 넣고 끓였는디."

사실이다. 언제나 봐도 엄마가 끓인 된장찌개에는 특별한 게 없다.

된장 풀고, 신 김치 좀 씻어서 썰어넣고, 끓기 시작하면 두부 한 모 큼직하게 썰어넣었다고 한다.

그런데도 늘 맛이 있었다.

나는 마켓에서 잔뜩 장을 봐다가 된장찌개 하나 끓이는데도 해산물에 버섯, 애호박. 두부는 유기농 콩으로 만들었다는 두부.

최고의 재료들을 넣고 끓여도 맛이 니 맛도 내 맛도 아니어서 남편과 나는 그저 몇 번 숟가락질을 하다가 남으면 버리기 일쑤였다.

엄마가 주는 된장으로 더 좋은 재료들을 넣고 끓이건만 엄마의 맛을 따라가지는 못할망정 왜 흉내조차도 못 내는 것일까?

"참말로 내가 헌 것이 맛있능가? 너는 이 맛에 어려서부터 길들여져서 그런 거 아녀?"

"다른 사람들도 엄마 음식 맛있다고 하잖어."

"근게…."

엄마는 내 밥숟가락에 얼른 또 김장김치 한쪽을 쭉 찢어 올려 놔주고는 손가락을 빨며 얘기했다.

"참말로 내가 허든 맛이 있긴 있는가벼. 한 번은 이런 일이 있었느니라. 내가 어디를 갔다 오는디 저 짝 도로변에 웬 노인네가 두리번두리번험서 서 있드란 말이다. 그리서 내가 가서 아줌니 왜 그러고 서 계시요? 허고 물었제. 그랬더니 서울 가는 버스를 타야 되는디 어디서 타야 헐지를 몰라서 그러고 있다는 것이여."

엄마의 얘기를 정리하자면 그랬다.

지난 가을, 내장산에 단풍이 한창일 때 방천 옆 도로변에 낯선 할머니 한 분이 오도가도 못하고 있었다.

지나가는 척 행색을 살피니 여기 사람은 아닌 거 같고 뭔가 난감해하는 거 같더란다.

인정 많은 우리 엄마는 그걸 못 지나치고, 다가가서 왜 그러냐고 물었더니 서울 갈 버스를 어디서 타야 할지 몰라서 그런다고 하더란다.

그래서 서울 갈 버스를 타려면 터미널로 가야지 이곳에는 백날 있어봐야 서울 갈 버스가 안 온다고 했더니 그 할머니는 터미널은 어디로 가야 하냐며 묻는데, 엄마 생각에는 날은 저물었고, 노인 양반이 나쁜 사람이나 정신 나간 사람 같지는 않아 보이고 해서 늦었으니 우리 집에 가서 자고 내일 가라며 일단 우리 집으로 가자고 했단다.

그랬더니 그 할머니도 조금의 의심도 없이 그럼 신세 좀 지자며 따라오더란다.

생판 모르는 사람을 집으로 들이는 엄마나, 생전 처음 보는 사람을 따라간 할머니나 참 겁도 없고 순진한 분들이시다.

나도 그 얘기를 듣는 순간, 엄마 미쳤냐며 왜 모르는 사람을 집에 끌어들였냐고 펄펄 뛰며 난리를 쳤다.

어쩌면 외로움에 사무쳐 사람을 그리워하던 두 사람은 서로에게서 진한 동류의식을 느끼고 서로에게 끌린 건지도 모르겠다.

그렇게 집에 온 두 노인네는 반찬은 없지만 따뜻한 밥을 해서 김치 쭉쭉 찢어서 오랜만에 만난 자매마냥 다정히 밥을 한 그릇씩 비웠단다.

그 할머니의 사연인즉 남편은 일찍 죽고, 남대문시장 안에서 밥장사로 아이들을 가르쳤고, 지금은 남대문시장 안에서 큰 설렁탕집을 하고 있는데 이제는 아들 며느리에게 다 맡기고 젊어서 살기 바빠서 못했던 거 해보고 싶은 마음에 혼자 잘 차려입고 내장산 단풍구경을 왔단다.

그런데 올 때는 잘 왔는데, 하도 시골 모습이 정겨워 혼자 정읍

시내를 걷다보니 길을 모르겠고, 서울을 어떻게 가야 할지를 모르겠어서 그렇게 거기 서 있었다는 것이다.

그런데 이렇게 좋은 아줌마를 만나서 뜻하지 않은 호강도 하고 진짜 전라도 김치도 먹고 너무 좋다며 흐뭇해 하셨고 엄마의 김치가 너무 맛이 있으니 이렇게 혼자 살지 말고 같이 서울에 올라가서 아들, 며느리가 한다는 그 설렁탕집에서 김치만 좀 담가 달라고, 그러면 돈을 많이 주겠다고 했단다.

그런데 엄마 양심에 요즘같이 돈 벌기 힘든 세상에 김치만 담가 주고 어떻게 월급을 받냐며 거절을 하니 그 할머니는 또 설렁탕집은 김치가 맛있어야 되니 김치만 잘 담가줘도 반절의 일은 하는 것이고 충분히 밥값 하는 거라며 자꾸 같이 가자고 했단다.

그러나 엄마는 이 집에 남아서 기다리는 사람이 있어서 안 된다고 거절을 했고 결국 그 노인도 아쉬워하며 포기할 수밖에 없었단다.

그렇게 두 노인네는 하룻밤을 같이 보내며 친자매 이상으로 친해져서 다음날 아침을 먹고 서로 전화번호를 주고받은 후 정읍역에서 헤어지면서 오랜 동기간을 보내고, 남기고 가는 것처럼 섭섭해서 울었다고 했다.

그리고 그날 밤, 그 할머니에게서 잘 도착했으며 고맙다는 인사의 전화가 왔고 잠시 후 며느리라는 사람이 바꿔 받아서는 김치를 그렇게 맛있게 담그신다는데 이곳에 오셔서 김치를 못 담가 주시면 우리 직원을 몇 명 그쪽으로 보낼 테니 김치 맛있게 담그는 비법을 좀 가르쳐 달라고 하더란다.

엄마는 흔쾌히 그러라고 했고, 진짜 며칠 후 미니버스 한 대에 여덟 명의 남녀가 섞여서 왔더란다.

미리 전화를 받은 엄마가 배추를 사다가 절여서 준비해 두고 서울 손님들을 기다렸다.

약속대로 도착한 사람들은 일단 손님 접대를 위해 엄마가 직접 만들어 내놓은 식혜를 한 사발씩 들이켜고 본격적으로 자리를 잡고 앉았다. 엄마는 고무장갑도 끼지 않은 맨손으로 김치 담그기 비법 전수에 들어갔다.

그러나 무엇을 어떻게 가르치고, 무엇을 어떻게 배워야 되는 건가?

일단 서울서 온 학생들은 손을 걷어붙이고 자신들이 하던 것은 다 잊은 듯 엄마가 시키는 대로 했다고 한다.

큰 고무통에 뻘건 고춧가루와 젓갈, 마늘, 파, 찹쌀죽 등을 넣고 버무리다가 엄마에게 내밀면 엄마는 검지로 콕 찍어 먹어보고 간이 안 맞으면

"소금 좀 더 넣어."

"몇 그램이나 더 넣을까요?"

"한 주먹만 넣어."

"한 주먹이면… 어느 정돈지 정확한 양이…."

"아, 알아서 적당히 한 주먹만 솔솔 뿌려."

엄마 기준의 한 주먹을, 대체 무슨 수로….

음식 할 때 계량스푼이나 저울을 사용하던 사람들이 그 한 주먹의 양을 어떻게 짐작하고 맞출 수 있을까.

양념은 뭐든 넣는 양이 중요한 것을 알기에 젓갈을 넣을 때도 얼마나 넣어야 되냐고 물으면 '한 박작(바가지)만 넣어' 이러니 그 사람들은 가늠하고 조절을 할 수 없어서 그저 난감하기만 했을 것이다.

결국은 그 서울손님들은 한 주먹이든 두 주먹이든, 쪼께만 넣든, 입맛에 맞게 넣든…, 모두 엄마에게 맘대로 엄마가 하던 대로 하게 맡겨두고 구경만 하는 신세가 됐단다.

그리고 김치를 다 담근 후 마루에 앉아서 엄마가 해주는 밥에 찢어 얹어주는 김치를 먹으며 맛있다는 소리를 열 번도 백 번도 더 했단다.

그리고 돈 봉투를 주고 그날 담은 김치들을 차에 다 싣고 올라갔다고 했다.

그렇게 가면서 한다는 소리가 전라도 김치 배우기 힘들다고 했다나.

"아줌마, 김치 맛있게 담그려면 뭐가 제일 중요해요?
"정성. 그냥 내 새끼들 멕일 것이다 허고
정성껏 준비허고 담으믄 다 맛있어.
세상에 새끼가 먹는 것 아까워 허는 부모는 없응게."

"좀 잘 가르쳐 주지 그랬어. 서울서까지 내려왔는데."

"아니, 나는 최선을 다히서 조근조근 알려줬제. 알량헌 내 솜씨, 넘들 다 담는 김치 한 가지 담는 거 배우러 왔다는디 나는 감격스럽드만. 그리서 열심히 가르쳐 주는디도 못배우드라. 아줌니, 여그 쫌 싱건 것 같은디 소금 조께 넣으까요? 허믄 내가 먹어보고 '그려, 한 주먹만 넣어. 깨소금 좀 사정없이 뿌리고…' 그러믄 이놈의 여편네들이 디진다고 웃기만 허제 말을 안 들어. 근게 못 배우제."

나는 그날 우리집 마당에서 벌어졌을 일이 눈에 그려졌다.

"아줌마, 배추 숨은 얼마나 죽여야 좋아요?"

"적당히 죽여야 좋제."

까르르르르….

"아줌마, 배추 속을 이렇게 넣으면 돼요?"

"아 참, 몇 번을 말헌가? 그렇게 거시기허게 박으믄 나중에 거시기혀서 못 먹은게 처음에 거시기히야 나중에 말썽 없이 거시기허고 맛난 김치가 돼서 거시기헌 것이여."

까르르르르….

"아줌마, 이거 국산 고춧가루 맞죠?"

"암만―, 나한티 중국산 팔었다가는 신세 조져. 내가 무식혀도 먹는 것은 국산인가 중국산인가 금방 알어. 나한티 중국산 팔었다가는 지 인생 종칠라고?"

까르르르르르….

"아줌마, 김치 맛있게 담그려면 뭐가 제일 중요해요?"

"정성. 그냥 내 새끼들 멕일 것이다 허고 정성껏 준비허고 담으믄 다 맛있어. 세상에 새끼가 먹는 것 아까워 허는 부모는 없응게. 하이고… 아깐 양념만 다 버리네. 차라리 저리 가 있어. 내가 다 히서 주께. 참말로 보고 있을랑게 속 터지네, 내가 다 히주고 말제."

까르르르를… 까르르르르… 까르르르르….

"엄마, 근데 엄마가 기다리는 사람이 누구야?"

"응?"

"그 할머니가 서울로 가자고 했을 때 엄마가 이 집 지키며 기다리는 사람이 있어서 못 떠난다고 했다며? 그게 누구야?"

04

세상에 돈이 좋기는 좋다.

이래서 사람들이 서로 돈을 벌려고 그 난리를 치나 보다.

보일러를 켜니 이렇게 좋네.

방안에 훈김이 쫙 돌고, 방바닥도 뜨끈뜨끈허고….

그런데 우리 딸은 이불을 뒤집어쓰고 앉어서 텔레비전 속에 눈을 박었네.

오랜만에 왔으니 나랑 도란도란 얘기도 하고 놀면 좋으련만 저 놈의 텔레비전이 밤마다 나를 심심찮게 해줘서 고맙드만 오늘 같은 날은 팍 고장이나 나 버렸으면 좋겠네.

이제 한번 슬슬 물어보까?

괜히 성질만 건드는 것 아니까?

"야야, 근디 너 갑자기 연락도 없이 왜 온 거여?"

"그냥….."

"김 서방이랑 싸웠냐?"

"아니."

"회사는 어쩌고…?"

"나 없어도 잘 돌아가."

"김 서방도 너 여그 온 거 알어?"

"저는 뭐 어디 갈 때 나한테 일일이 보고하고 가나."

"싸웠고만."

"아니라니까."

"그믄 뭔 일이여?"

"그냥 왔다고, 그냥. 왜? 오면 안 돼? 그냥 오고 싶어서 왔어, 그냥."

"괜히 지랄이네. 아, 에미가 돼 갖고 그것 조께 물어보믄 안 되냐? 너는 내가 만만헌가 걸핏 허믄 나한테 성깔을 부리고 그러더라."

"나 좀 가만 놔 둬."

"그려 알았어. 잘났네 진짜."

하여튼 내 딸년이지만 성깔이 어찌나 싸나운지.

다른 집 딸들은 고분고분, 조근조근 엄마 허고 둘이 앉어서 얘기도 잘허드만.

하이고, 지 속이 시끄러운게 엄마고 뭐고 다 귀찮은갑네.

대체 쟈가 지금 머시 틀어져서 저러까?

절대 그냥 올 애가 아닌디.

허기는 아무리 똑똑허고 잘났어도 여자가 사회생활허기가 쉬운 일이 아니제.

남자들도 40만 되믄 다 떨려난다는디 여자는 더 힘들겠제.

"너는 어려서부터 참 똑똑했어야. 학교 들어가기 전에는 어찌 그리 유행가 가사를 잘 외우는지…. 동네 사람들이 너 보고 똑똑새라고 했당게. 이쁘기는 또 어찌나 이쁘던지…."

"엄마 딸이라 이뻐 보인 거 아닌가?"

"지랄허네, 나 냉정허고 공평헌 사람이여. 내가 60평생 살아보고, 조선팔도 다 돌아봐도 너만큼 이쁜 딸 없더라."

"그래? 난 왜 이렇게 이쁜 거야? 좀 적당히 이쁘지."

"내 애기보가 이뻐서 니 인물이 좋은 것이여, 알았냐? 그 이쁜 것이 학교를 보내 놓은게 아따 백 점 잘 맞어오데. 빨간 색연필로 100점이라고 써 있으믄 너그 아부지가 좋아라험서 너 10원씩 주든 생각나냐? 그믄 너는 그 돈을 갖고 가서 줄줄이 사탕을 사왔었다이."

"생각나네, 내가 그 사탕 좋아했잖어. 아빠 오실 때 줄줄이, 엄마오실 때 줄줄이, 우리 집은 줄줄이, 줄줄이 사탕. 이런 노래로 선전하던 사탕이지?"

"아이고, 내 새끼 총명허기도 허지, 그때 그 노래를 지금도 기억허냐?”

“그러게, 갑자기 떠오르네.”

“너는 참말로 우리 같은 부모한테 태어날 딸이 아니었어야.”

그랬다. 우리 딸은 나 같은 무식한 엄마가 아니라 집안 좋고, 똑똑허고 배운 부모 밑에 태어났으면 활개 피면서 살 수 있을 딸이었다.

못난 부모 만나서 저도 고생이었고, 그 잘난 딸 뒤치다꺼리 제대로 못해주는 부모도 고생이었다.

사람에게는 전생이라는 것이 있고, 이생에 와서도 전생의 습관이 남아서 자신도 모르게 그것이 나타난다는 얘기를 전에 어떤 스님에게 들은 적이 있었다.

어린 딸을 보면서 사람한테 정말 전생이라는 것이 있을지도 모른다는 생각이 들었다.

분명 전생에는 대단한 집의 대단한 딸이었을 것이다.

그 습관이 이생까지 남아서 어린 것이 하는 짓이 생활하는 것이 예사롭지 않았다.

어려서부터 식성이 까다롭고, 예민했으며 잔병치레도 많이 했다.

없는 집에 태어났으면 건강하니 개똥 구르듯이 그렇게 자라야 할 텐데 입이 짧아서 밥을 참기름과 진간장에 깨소금을 넣고 비벼서 그릇을 들고 다니며 떠먹여야 조금씩 받아먹었고, 찬바람을 조금만 쐬도 감기요, 조금만 낯선 것을 먹여도 배탈이요. 손이 많이 가고 신경을 많이 써야 할 아이였다.

영특하기는 또 누구도 닮았는지 한번 데리고 간 길은 다 기억하고, 허투로라도 한마디 해놓으면 다 기억하고 그때의 그 상황까지 다 설명하니 아무리 애지만 누가 감히 헛소리를 하고 속일 생각을 하겠는가.

여덟 살이 되어 연습장 한 권에 빨간 색연필 사서 학교에 보내 놓으니 다른 애들은 색연필로 연습장에 동그라미 그리고, 물결모양 그리고… 그러다가 기역 니은 배우는데 딸은 더듬더듬 한글을 읽어대는 것이었다.

지금이야 애들이 한글을 다 깨치고 학교에 간다니 그게 그리 신통한 일도 아니겠지만 30년 전 그때만 해도 애가 학교 들어가자마자 한글을 읽는 일은 드문 일이어서 엄마를 참 놀라게 했고 다른 엄마들의 부러움을 사게 해준 딸이다.

그래서 제대로 한글공부를 좀 시켜 보고 싶었지만 내가 일자무식이니 어찌 자식을 가르칠 수 있단 말인가.

참말로 내 부모가 원망스럽고, 똑똑한 내 딸이 불쌍해서 그때는 눈물바람 좀 했던 거 같다.

그래도 사람이 죽으라는 법은 없고, 자꾸 생각하면 방법이 생기는 것이었든지 내게도 꾀가 생겼다.

저녁을 일찌감치 해서 먹은 후, 밑에 어린것들 둘은 방에 놔두고 그때 겨우 한글 떼고 더듬더듬 책을 읽던 큰아들과 딸을 앞세우고 정읍 시내를 한 바퀴씩 돌았다.

그리고 딸한테 가게의 간판을 읽게 했다.

더듬더듬 가게 간판을 읽는 딸.

그렇게 하면 내가 딸이 제대로 잘 읽는지, 지 멋대로 읽는지 다 알 수가 있었다.

내가 글은 몰라도 그 가게들의 간판에 적힌 상호들은 귀에 딱지 앉게 들은 곳들이기 때문이었다. 호남양은상회, 유한약국, 태인당한약방, 아남전자, 태창메리야스, 정화탕, 광림상회, 정읍극장, 골덴라사, 은미용실, 종삼의원….

내가 유일하게 딸의 공부를 도울 수 있는 방법이었다.

거기다 두 살 위의 오빠가 그래도 먼저 글을 배웠다고 동생이 잘 못 읽는 것이 있으면 고쳐주기도 하고 하니 그보다 더 좋은 읽기 공부가 없었다.

그러니 그해 1학년 중에 한글을 가장 먼저 깨친 아이가 우리 딸이 되었고 나는 또 딸 때문에 우쭐할 수가 있었다.

그러나 딸이 튀면 튈수록 나는 더 움츠러들 수밖에 없었다.

못난 내가 저 잘난 딸의 엄마라는 것이 딸한테 미안하고 사람들의 웃음거리가 될까 봐 딸이 튈수록 나는 더 숨었다.

내 딸 앞에서 나는 늘 부족하고 못난 엄마여서 미안했다.
하지만 딸은 모를 것이다.
얼마나 이 엄마한테 우리 딸이 자랑스러운 딸이었는지.

남들은 애가 학교 가서 잘하면 엄마가 학교 문턱이 닳게 찾아다니며 뒤를 봐 준다는데 나는 어려서 학교를 안 다녀 봐서 그런지 학교 소리만 들어도 어렵고 무서웠으니 담임 선생님 만나러 학교에 가는 것은 상상도 못했다.

사람들이 우리 딸을 보며 '대체 뉘 집 딸이여. 자네 부모는 좋겠네' 소리가 들리면 나는 속으로 '쟈가 내 딸이요' 하면서도 혹시라도 누가 나를 알아볼까 봐 도망쳐버리곤 했다.

아침에 꾸물꾸물하던 하늘이 비를 퍼붓는 날이면 우산 안 갖고 간 딸이 걱정돼도 우산을 챙겨들고 학교 앞에 한 번 찾아가지 않았다.

내 딸 앞에서 나는 늘 부족하고 못난 엄마여서 미안했다.

하지만 딸은 모를 것이다.

얼마나 이 엄마한테 우리 딸이 자랑스러운 딸이었는지.

얼마나 이 엄마가 살아가는데 의지가 되고 힘이 되었는지.

비오는 날 우산이 없어서 비를 맞고 집에 돌아온 딸이 엄마는 왜 우산도 안 가져오고 집에서 잠만 자냐고 따져 물을 때도 있었지만 나는 그때 잠만 자고 있었던 것이 아니다.

내리는 비를 원망하며 우리 딸이 혼자 처량하게 비를 맞고 올 생각에 가슴이 미어졌었다.

그러면서도 자신 있게 그 우산 하나 들고 학교 앞에 가서 못 서 있는 에미의 못남이 그렇게 밉고 싫을 수가 없었다.

그렇게 속을 태우다가 비에 젖어 들어오는 딸을 보면 눈물이 넘치고 가슴이 무너져도 오냐는 소리 한마디 다정히 못하고 애꿎은 걸레질만 했었다. 섭섭한 딸이 엄마는 새엄마냐고 울먹이며 따질 때에도 다정히 달래주지 못하고 투박하게 '이년아, 비 조게 맞았다고 안 죽어' 했었다.

어린 딸은 눈물을 글썽이며 마른 수건으로 젖은 가방을 닦고 젖은 책과 학용품을 닦아내고 엎드려서 숙제를 했다.

그러다가 잠이 들어서 쌕쌕 자고 있는 딸을 보며 에미 자격 없는 나를 얼마나 미워했던가.

잘난 우리 딸 엄마 잘못 만난 걸 얼마나 불쌍해했던가.

내가 조금만 배우고, 똑똑한 엄마였더라면 우리 딸 이렇게 슬프게, 외롭게 하지 않았을 거 같아서 참 많이 속상했었다.

배운 거 없고, 말주변도 없어서 사람 모이는 데는 가지도 못했다.

남편이나 잘 만나서 호강하며 돈이나 많이 주무르고 살았으면 그 기세로라도 나서며 살았겠지만, 없고 힘없이 약한 사람으로 그저 근근히 사는 사람이 어디서 나서고, 뽐내며 살겠는가.

그저 그날그날 별 탈 없이 무사히 살면 그게 다행이고 그러다가 때 되믄 가는 것이 인생인 줄 알고 살았건만 새끼들이 커 가는 걸 보니 내 인생이 그저 나 하나의 인생으로 끝나는 것이 아니었다. 내 새끼들한테는 못났든 잘났든 부모라는 울타리로 그들 뒤에 서 있는 것이었는데 그 뒤에 서 있는 울타리가 영 시원찮은 거 같아서 미안했고, 잘난 딸 앞에서 그 울타리는 더 초라하기 그지 없었다.

어떤 때는 차라리 이런 울타리가 없었더라면 우리 딸을 누가 양녀로라도 들여서 더 잘 키웠으려나 하는 생각도 했었다.

그러나, 한편으로 딸한테는 내가 엄마인 것이 미안했지만 나한테는 그 잘난 딸이 내 딸이라는 것이 자랑이고 기쁨이었다.

"내가 죽기살기로 너 가르쳤는디…. 동네 사람들이 가시내 대학 보낸다고, 없는 살림에 뼛골 휜다고 손가락질 허고 흉봐도 나귀 틀어막고, 죽기 살기로 너 가르쳤다. 나같이 살지 마라고, 여자지만 많이 배워서 남자 못지않게 활개치면서 살으라고 나 진짜 죽기 살기로 너 가르쳤다. 근디, 인자 후회된다. 그때 너 갈치지말 것을. 그때 그렇게 죽기 살기로 너 안 가르쳤으믄 나도 덜 힘들었을 것이고 너도 이렇게 고달프게 안 살 것을. 많이 배우믄 편히 사는 건 줄 알았더니…. 내 딸이 큰 회사 부장이라고 허믄 다들 놀래더라. 대단허대여. 그 대단헌 자리를 여자인 니가 지키고 있을라니 얼마나 고달프겠냐? 차라리 안 갈쳤으믄 그냥…."

"그러게, 그냥 중학교만 졸업시켜서 내 맘대로 하고 싶은 거 하면서, 오토바이 타고 다니는 날라리놈 하고 눈맞아서 식도 안 올리고 애부터 낳아서 살게 냅두지.”

“오메, 호랭이 물어가네. 그것은 뭐 아무나 헌다냐? 효자 자식도 팔자에 있고 속썩이는 자식도 팔자에 있는 것이여. 너는 어려서부터 엄마의 자랑거리였어. 그때나 지금이나 자랑스러운 엄마 딸.”

“지겨워. 그 자랑스러운 딸, 그 소리 진저리 나. 그것 때문에 내가 얼마나 힘들었는데.”

“왜 힘들어? 뭐가 힘들어?”

“아무것도 자랑할 거 없는 엄마. 그런 엄마의 자랑스런 딸이 되기 위해서 노력하느라고 힘들었어. 늦잠 한 번 못 자보고 단어장에 참고서에 달달달달 외우고, 백일장 하면 거기 나가서 상 타야 되고, 무슨 대회 무슨 대회 대회마다 다 나가서 상타야 됐잖아. 엄마의 자랑스러운 딸 되려면. 모의고사 보면 일등 해야 되고, 그 집 딸 똑똑하다, 그 집 딸 잘났다, 그 집 딸 예의 바르다, 엄마의 자랑거리를 만들어 주려고 나는 내 맘대로는 살 수가 없었단 말이야. 대학에 가서도 장학금 타야 엄마가 자랑스러워 할 거 같아서 미팅 한 번 못해보고, 아르바이트하면서 얼마나 코피 터지게 공부했는데. 엄마 알어? 나 그때 버스 타고 가다가 정신 잃은 적도 있어. 대학 4년 다니는 동안 학교 앞에 뭐가 있는지도 모르고 다녔더라. 나는 그냥 평범한 애였어. 근데 엄마가 자랑스러운 딸, 자랑스러운 딸 하니까 난 정말 자랑스러운 딸이 안 되면 큰 일 나는 건 줄 알았어. 엄마의 그 자랑스러운 딸이 되려고 난 너무 포기 한 게 많다구."

"인자 와서 뭔 소리여 이게 시방. 내가 너한테 억지로 시켰냐? 니가 잘헌 거여. 그리고 잘허믄 니가 좋지 내가 좋냐? 왜 인자 와서 에미 핑계여. 또… 너만 힘들었냐? 나도… 나도 잘난 딸 키움서 힘들었다."

"뭐가 힘들었는데? 내가 반장을 해도 학급에 화분을 하나 사줘 봤어, 선생님한테 식사대접을 한 번 했어? 다른 애들 엄마는 때때마다 와서 봉투 주고 대접하고, 학급 비품 사놓고 가고…. 그런 애들이랑 경쟁하려면 나는 얼마나 더 노력해야 되는지 알어? 같은 성적으로는 안 돼. 비슷한 성적으로도 안 돼. 그 애들보다 월등해야 내가 반장이 될 수 있고, 내가 그 잘난 엄마의 자랑스런 딸이란 타이틀을 지킬 수 있었다고. 알어? 엄마가 그때의 내 심정을 아냐고?"

"누가 너보고 반장 되래여? 나는 니가 반장 되는 거 바란 적 없어."

"엄마가 자랑스러워했잖아. 동네방네… 일가친척들한테 자랑했잖아. 자랑만 하면 뭐해? 일 년 내내 반장 엄마가 코빼기도 안 보이는데. 그래도 나는 엄마의 자랑스러운 딸, 그 거지 같은 자랑스러운 딸이라는 타이틀 지키려고 얼마나 노력했다고, 얼마나 힘들었다고."

"그려, 나 너한테 히준 거 없다. 근디 나도 헐만큼은 했어, 나보고 잘난 딸 뒷바라지 안 허고 가만히 있었다고? 야야, 그런 소리 마라. 나도 돌아보믄 서럽다. 내가 죽을 때까지 묻고 갈라고 했는디…. 나 너 땜시 넘의 집 일 다닌 사람이여. 너 초등학교 3학년 때 반장 됐다고 헌게 사람들이 봉투 하나 만들어서 들고 담임 찾어가서 인사 허라더라. 너그 아버지도 그러라드만. 근디 당최 이놈의 봉투에다 얼마를 넣어야 될지 모르겄더라. 집안 형편은 뻔허고, 괜히 어줍잖게 넣었다가 더 흉이나 안될까 싶고… 봉투에다 삼천 원을 넣을까 오천 원을 넣을까 혼자 고민 고민 허는디 니가 어느 날 와서 그러더라. 우리 선생님 애기 돌이라고, 그리서 옳다구나 허고 물어 물어 너그 담임선생네 집 앞에 가서 기다렸다. 젊고 고운 새댁이 오길래 내가 공손허니 인사허고 아무개 선생님이냐고 물으니 그렇다드만. 나 아무개 엄만디 닐 모레 애기 돌잔치를 헌다는디 제가 음식은 좀 허네요, 그 전날 와서 조께 도와 드릴까요? 했더니 선생이 깜짝 반가워허는 거여. 그때는 다 집에서들 돌잔치 헐 땐게. 나, 그 전날부터 당일 뒤치다꺼리까지 몸 안 아끼고 일했다. 내가 왜 그랬겄어? 너 조께 잘 봐도라고, 못난 에미가 헐 수 있는 것은 몸으로 허는 거밖에 없었웅게. 나 그리도 하나도 안 힘들더라. 내 새끼 위해서 허는 일인게. 오히려 기분이 좋았제. 그렇게 이틀을 일허는 걸 보더니 너그 선생이 그러데. 돈

드릴테니 일주일에 두 번씩만 와서 집안일 좀 해주시믄 어떻겄냐고, 나 했다. 너그들 학교 보내놓고 막둥이 들쳐업고 부랴부랴 가서 선생집 분통같이 치워놓고, 저녁상까지 다 봐놓고 왔다. 선생 시어머니가 애를 봐주고 계셨는디 무릎이 아퍼서 애 보는 일 말고는 아무것도 못허는 양반이더라. 나 그 양반 대신 애도 보고 말동무도 히주고… 내가 좋아서 재밌어서 그랬겄냐? 우리 집은 난리를 쳐놓고. 나 그렇게 일 년 했다. 돈 준다는디 절대 안 받었어. 그리고 기회가 있을 때마다 내가 너그 선생한티 말   했다. 집안일은 걱정 마시고 학교 일이나 신경 쓰시라고. 우리 미란이 못허믄 때려서라도 사람 좀 만들어 주시라고, 집안일은 염려 마시라고 그럼서. 이리도 내가 암것도 안 했냐? 인제 와서 내가 공치사 허는 거 같어?"

"정말이야?"

"내가 너한테 왜 그런 거짓말을 허겄냐?"

"그런 짓을 왜 했어? 왜? 내가 시켜서 했냐고?"

"너도 내가 안 시켰어도 엄마의 자랑스러운 딸 될라고 니가 노력했담서? 나도 누가 안 시켜도 잘난 딸 그렇게라도 뒷바라지허는 것이 내 도린 줄 알았어. 됐냐? 너도 힘들었겄지만 잘난 딸 키움서 나도 굽이굽이 힘들었어. 너 서울로 대학 보내 놓고는 편허게 산 줄 알어? 너는 니가 장학금 타고, 아르바이트 했응게 부모한티 피해 안 주고 학교 다닌 거 같제?”

“나, 학비는 장학금이었고, 용돈은 아르바이트해서 충당했어. 근데 뭐?”

“너 살던 집 전세 1,300만원은 누가 히준 거여? 책 사네 옷 사네 자주는 아니어도 용돈도 타갔어야. 설마 기억 못 허는 것은 아니제? 너, 서울서 혼자 살면서 배 곯을까봐 우리는 먹도 못험서 너한테는 최고 좋은 과일에 좋은 쌀, 좋은 반찬 철철이 히 보냈다. 엄마 이 나이 되도록 내 몫으로 닭 한 마리 고아 먹은 적 없고, 니 아부지, 그려 불쌍헌 니 아부지. 평생을 구두만 고치고 앉었다가 그 구두에 코 박고 병원에 옮기기도 전에 급사헌 니 아부지는 죽을 때까지 인삼 한 뿌리 못 먹어 보고 죽은 양반이여. 그리도 너 몸 약헌디 객지서 고생헌다고 봄가을로 보약 지어 보내고 내장저수지 붕어 사다가 붕어즙 내서 보내고, 쑥 미숫가루가 좋다고 허믄 그거 히서, 검은 콩이 좋다고 허문 그거 사다 볶아서… 우리는 못 먹어도 너한테는 젤로 좋은 것만 다 히 보냈다. 그것은 돈 안 드냐? 그 돈은 어디서 그냥 생기냐? 니 오빠야 그때 군대 갔지만 니 동생들 갈침서 아부지랑 나, 잘난 너 뒷수발 죽기 살기로 했다. 너한테는 턱없이 부족했는지 몰라도 니 아부지랑 나는 최선을 다했어. 니 아부지 그 좋아허는 담배도 끊고, 여름이믄 엉덩이에 땀띠가 나서 볼 수가 없게 그렇게 앉아서 구두 고친 돈 모아

서. 그때 아부지가 그러더라. 내 새끼가 나중에 다 갚어줄 것이라
고. 근디 아버지는 니 덕도 보기 전에 돌아가서 버리시고, 나는
혼자 남어서 너한테 이렇게 모진 소리를 들어야 되는 거여? 그믄
나 억울혀. 누가 시켜서 헌 것은 아니지만, 누가 알아주기 바라고
자식 뒷바라지 헌 것은 절대 아니지만, 그리도 이건 아니제. 엄마
때문이라고? 엄마의 자랑스러운 딸 소리에 니가 니 맘대로 못히
서 이 고생이라고? 잘되믄 니가 잘헌 것이고 못되믄 엄마 잘못이
냐? 그러는 거 아녀, 너는 그냥 홧김에 허는 말일랑가 몰라도 나
는 죽어서도 가슴에 대못 박고 가는 것이제."

"엄마, 내 맘을 그렇게 몰라? 그만해요."

"니가 먼저 긁었잖여."

"미안해. 엄마 내가 잘못했어. 나도 내가 어쩌다 그런 소리를
했는지 모르겠네. 미안해요."

예상은 했지만 우리 딸이 무슨 일이 있긴 있다.

생전 안 하던 소리를 다 하면서 엄마 탓을 하고.

내가 좀 참을 것을.

속풀이 좀 헐라고 에미한테 그런 것을 내가 너무했고만.

돌아앉아서 금방 후회할 일을 또 하고 말았다.

"아가, 후회허냐?"

"그냥 내가 그때 다른 선택을 했으면 어땠을까 하는 생각이 드네."

"나는 요새 밤에 잘라고 혼자 누워서 잠 안 오믄 그런 생각 종종 헌다. 그때 너를 고등학교까지만 보내고 여그서 웬만헌 놈 골라서 시집을 보냈드라믄 너를 곁에 두고 옴서 감서 보고 싶을 때 볼 수 있어서 좋았을 텐디. 많이 배워논게 서울놈 만나서 서울서 살아버리고 잘 못 본게 섭섭허고, 니가 많이 안 배웠으믄 그렇게 사회생활 안 허고 남편이 벌어다주는 돈으로 집에서 살림만 허믄 된게 밖에서 사람들한테 시달릴 일은 없었을 거 아닌가 헌다. 내가 살아본게 그저 여자는 새끼 키움서 남편 믿고 사는 것이 젤로 속 편헌 거 같어."

"난 지금이 더 좋은 거 같은데."

"좋기는 개뿔… 내가 누구여? 나 엄마여. 엄마는 다 아는 거여. 내 새끼 속 타는 냄새 엄마가 젤로 먼저 맡고, 내 새끼 가슴에 피멍 들믄 엄마 가슴이 더 멍멍헌거여. 말좀 히 봐, 뭔 일 있지?"

"다… 다 안다며? 다 안다면서 왜 물어봐?"

"너 왜 울어? 너 시방 울잖어. 분명히 뭔 일이 있웅게 엄마한티 말도 못 허고 혼자 속 끓이면서 눈물이 가슴에서 차고 오르는 거잖여. 김 서방 사업이 잘 안되냐? 또 돈 필요혀? 엄마가 조께 어디서 빌려 보까?"

"아~아~, 진짜 엄마 땜에 못살어. 그런 거 아니라니까. 제발 나 좀 놔 둬. 한번만 더 그러면 나 서울로 가버린다."

뭔가 틀어져도 단단히 틀어졌다.

어째 안 허든 짓거리를 하면서 내 속을 뒤집어 놓고….

어째 이렇게 내 맘이 불안헌가 모르겠다.

우리 딸 꼴도 어째 영 심상치가 않고, 얼굴은 또 노리끼리헌 것도 같고, 젊디젊은 것이 팍 삭어버린 거 같다. 자존심 강한 것이 어디 가서 말도 못하고 혼자 힘든 거 삭히느라고 골병 들었고만. 불쌍헌 내 새끼.

힘들면 엄마한테 올 일이지.

어렵고 힘들 때 젤로 생각나는 사람은 엄만데.

막막허고, 속상헐 때 찾어 갈 곳은 엄마뿐인데.

엄마가 해결은 못 해줘도 속 시원허게 애기는 들어줄 텐데.

엄마가 도와주지는 못해도 내 새끼 속상헌 마음은 누구보다도 알아줄 텐데.

엄마한테는 다 괜찮은 것이다.

엄마는 새끼가 입만 딸싹히도 새끼 맘 안다.

왜냐믄 내 속으로 낳은 내 새낀게.

근디, 어째 자식들은 그걸 모르고 딴 데서 헤매고 속 끓이는가 모르겠네.

05

"김 서방인가? 나네. 그려, 별일 없네. 자네도 잘 있는가? 거시기 저… 미란이 여그 와 있는디 자네한테 말허고 왔는가? 그려? 그믄 자네는 몰랐고만? 미란이는 시방 자네. 내가 궁금히서 한 번 전화 히보네. 근디… 자네 사업이 잘 안된가? 그러제, 요새 다들 그렇게 어려운갑데. 다들 죽겄다는 사람들 뿐이제 살겄다는 사람은 벨라 없어. 근디 미란이가 왜 갑자기 여그 왔으까?"

엄마는 늘 사위 앞에서는 죄인 같다.

대체 뭐가 그렇게 어렵고, 뭐가 그렇게 부족해서 딸의 남편인 사위에게 저렇게 절절매는 걸까?

그것도 나는 신경질이 난다.

엄마는 내가 잠든 줄 알았나 보다.

조심조심 남편과 통화를 한다.

일어나서 전화기를 뺏어서 끊어버릴까 하는 생각도 들지만 귀찮다.

온몸이 물에 젖은 솜뭉치처럼 무겁고 축축 처진다.

눈을 감으면 몸이 자꾸자꾸 바닥으로 가라앉는 거 같아 눈을 감을 수가 없다.

남편은 오늘 내게 몇 번의 전화통화를 시도는 했겠지.

핸드폰을 꺼놨으니 연결이 안 되는 건 당연한 거고 이 시간에 집에서 안 들어온 나를 두고 무슨 생각을 하고 있었을까?

내가 친정에 온 것은 꿈에도 생각 못하고 지금쯤 어디서 친구들과 와인이나 한 잔 하면서 수다나 떨고 있을 거라고 생각하고 있었을까?

그러다가 아침에 일어나 보니 내가 집에 안 들어와 있으면…?

엄마가 전화를 안 했어야 하는데.

그리고 그 사람이 속 타는 꼴을 좀 봤어야 하는데.

글쎄, 내가 하룻밤 외박했다고 속이 탈만큼 애정이 남아 있기나 한가.

"살다 보믄 산도 넘고 강도 건너지, 어떻게 좋은 길만 걷는 당가? 자네나 미란이 다 똑똑헌게 금방 헤치고 일어서서 떵떵거리고 살 것이네. 힘내소. 그리고 내가 뭔 힘이 되겠는가만은 정 돈이 필요허믄 이 집이라도 농협에 잽히고…."

갑자기 머리가 쭈뼛 서는 거 같다.

"죄송허기는… 맘은 있어도 못 히주는 내가 더 미안허제. 팔고 싶으믄 팔아서라도 가져가소. 그리고 나중에 돈 많이 벌믄 더 좋은 집으로 사주믄 되제."

뻔뻔스러운 인간이 지금 우리 엄마한테 무슨 소리를 하고 있는 거야.

"나 혼자 몸 어디서 살믄 어떤가? 젊은 사람들이 기를 펴고 살아야제."

안 돼, 이 집을 어떻게 하려고?

저 인간 주둥이를 쳐버릴 거야.

"걱정 말고 자네는 자네 할 일이나…."

"이리 줘, 전화기 이리 줘. 야! 이 거지 같은 인간아. 나 권미란이다. 이 초가삼간을 팔라고? 차라리 나보고 나가서 몸을 팔라고 하지. 우리 엄마, 불쌍한 우리 엄마 어쩌라고…. 그동안 내가 그렇게 해준 것도 모자라서… 안 돼. 이 집 팔아봤자 시골집이라 니네 친척들 개집 판 것만큼도 돈 못 받아. 니 하룻밤 술값으로도 모자랄 돈 쓰자고 이 집 팔면 우리 엄마 어디서 살라고? 우리 엄마가 무슨 죄졌어? 못난 딸, 있는 집으로 시집 보내 놓고 늘 죄인처럼 사는 것도 속상한데 너도 양심 좀 있어라. 니네 식구한테 가서 손 벌려. 왜 이래, 진짜. 사업? 그 사업 소리 지긋지긋해. 내가 그 소리에 피가 말라. 이 집은 절대 안 돼. 엄마가 아무리 해준다고 해도 안 돼. 안 된다고 절대 안 돼. 안 돼ㅡ."

엄마, 목말라.

엄마, 어지러워.

엄마, 내 손 좀 잡아 줘.

지금 내가 왜 이러는 거야?

지금 내가 어디 있는 거야?

엄마, 입이 안 떨어져.

자꾸 내가 땅속으로 가라앉어.

엄마 목소리는 들리는데 왜 엄마를 볼 수가 없지?

엄마가 왔다갔다하는 거 같은데 왜 나는 엄마를 부를 수가 없지?

엄마, 무서워, 내 손 좀 잡아줘요.

엄마, 어디 가지마. 내 옆에 좀 있어 줘. 그냥 가만히 내 옆에 좀 있어 줘.

엄마, 울어?

지금 엄마 울음소리 맞지?

왜 우는 거야?

나 좀 잡아 줘. 왜 자꾸 내가 땅속으로 들어가는 거야.

엄마, 무서워, 무서워.

엄마, 나 혼자는 안 되겠어.

엄마가 좀 잡아서 꺼내 줘. 엄마, 어딨어? 엄마….

06

아가, 내 새끼야.

대체 뭔 일이냐?

자는 줄로만 알았던 내 새끼가 어쩌자고 일어나서 전화통에 대고 지 서방한테 미친 듯이 해 퍼붓더니 이렇게 정신을 놓아버리냐?

나는 어쩌라고, 너 하나 믿고 사는 나는 어쩌라고 그러냐?

아가, 눈 좀 떠 봐라.

아가, 물 쪼께 먹어 봐라.

아가, 엄마 여그 있다. 못난 엄마 니 옆에 있다.

내 새끼 이렇게 까무러칠 정도로 속 끓여도 아무것도 해줄 것이 없는 못난 엄마 이렇게 눈물만 흘림서 니 옆에 있다.

아가, 내 새끼야. 엄마다. 엄마여.

제발 눈 뜨고 엄마 좀 봐라.

아가, 나는 세상천지에 너그들만큼 귀허고 소중헌 것 없어야.

너그들 건강허고 잘 살믄 그것이 최고지 이까짓 집 뭔 필요 있어.

인자 곧 죽을 몸인게.

어째 이렇게 말렀냐?

어째 이렇게 얼굴이 꺼칠허냐?

포동포동 고등어토막같이 탐스런 몸이었는디.

동글동글 달덩이 같고, 흰떡 같은 얼굴이었는디.

까맣고 윤기 나는 머리 양 갈래로 따고, 까만 눈동자 반짝이며, 참새 주둥이 같은 입으로 엄마, 엄마 부르던 내 새끼가 언제 이렇게 세상 풍파에 시달려 남모르는 사람이 되어버렸냐?

이 에미는 그것도 모르고 니가 전화 자주 안 헌다고, 니가 자주 안 찾어온다고 섭섭해했구나.

아가, 내 새끼야.

너 이러믄 엄마 죽는다.

니 눈에 눈물 나믄 에미 눈에는 피눈물 나고, 니 속이 타믄 에미 속은 썩어 문드러진다.

아가, 정신 차려라. 대체 왜 이러냐?

07

“엄마.”

“오메, 내 새끼. 하느님 고맙습니다. 천주님 고맙습니다. 내 새끼 정신 차렸네요. 아이고 고맙습니다.”

“내가 정신을 잃은 거야?”

“아이고, 나 참말로 깝깝히서 못 살겄네. 오랜만에 보고잡은 딸 와서 좋아했드니만 이게 뭔 날벼락이여. 119 부를까, 동네 사람들을 부를까 허다가 챙피시라서 그냥 있었다.”

“차라리 빨간 약을 발라주지.”

“아까징끼?”

“응, 우리 어렸을 때 우리가 어디 아프다고 하면 엄마는 늘 그거 발라줬잖아. 그게 만병통치약이라고. 그래서 내가 중학교 때 여드름 났는데 여드름에도 그거 발랐었잖어. 생각 안 나?”

“시방 농담 헐 때냐? 나는 지옥에 들락날락 헌 거 같고만.”

“이제 괜찮아. 내가 김 서방 목소리 들으니까 갑자기 흥분했나 봐.”

“나도 놀랬다. 니가 제정신이 아니드라, 너무 그러지 마라. 김 서방도 얼마나 잘허고 싶겄냐? 그리도 세상이 어수선히서 안 되는 것을 어쩌라고….”

“놀랬지?”

“놀랬제. 나는 내 새끼 죽는 줄 알고 심장이 덜컹허고 간이 다 떨어지는 거 같더라. 너 죽으믄 내가 어떻게 살겄냐?”

“자식이 죽으면 엄마 맘이 많이 아픈 거지?”

“그런 소리 허지도 말어. 많이 아픈 것 정도가 아니제. 나는 생각만 히도 죽을 거 같다.”

“그 정도야?”

“쯧쯧… 내 새끼, 어서 너도 새끼를 낳아서 에미 맘을 알아야 허는디. 새끼를 낳아서 키워보기 전에는 죽어도 모르는 것이 에미 맘이다.”

“…….”

“그 왜… 너도 알지야? 은챌이 누나 은숙이.”

“돌담집에 살던 그 좀 모자란 언니?”

그 집은 우리 집과 나란히 줄을 맞대고 있는 집이었는데 다른 집하고는 달리 벽을 황토 흙과 짚을 치대서 그 사이사이에 차돌을 섞어 벽을 만들어서 우리는 그 집을 돌담집이라고 불렀다.

그 집에는 아이들이 다섯 명 있었는데 첫째가 은숙이 언니고 은철이는 막내였다.

첫째인 은숙이 언니는 정신지체였다.

늘 헤벌쭉 웃으며 우리들을 따라다녔지만 우리는 누구도 그 언니를 언니 대접하지 않았고, 바보라고 놀리면서도 늘 챙기며 고무줄을 잡게도 하고, 공깃돌을 주워오게도 했었다.

그러던 은숙이 언니가 한 번은 우리가 비석치기를 하는데 옆에서 따라하며 놀다가 갑자기 자신의 고무줄 바지를 쓱 들추더니 검붉은 피가 흥건히 묻은 천을 쑥 빼서는 길가에 버려버렸다.

놀란 나는 죽기 살기로 달려서 돌담집으로 갔고, 마당에 들어서자마자 누구에게랄 것도 없이 소리쳤다.

"은숙이 언니 병 걸렸어요, 몸에서 피가 철철 나요."

내 소리를 들었는지 뒤꼍에서 은숙이 언니 엄마가 나오셔서는 내 얼굴을 빤히 보셨다.

나는 아줌마의 얼굴을 보자 반갑기도 하고 뭔지 모르게 서럽기도 해서 계속 같은 말을 하면서 엉엉 울었다

"은숙이 언니, 피 나요. 피가 철철… 피가 많이 나요."

나는 울면서 아줌마한테 따라오라는 듯 대문 앞으로 걸어갔다.

아줌마도 내 마음을 알았는지 따라왔다.

그리고 대문을 나서서는 아줌마가 더 급히 뛰었다.

"차라리 빨간 약을 발라 주지."

"아까징끼?"

"응, 우리 어렸을 때 우리가 어디 아프다고 하면
엄마는 늘 그거 발라 줬잖아. 그게 만병통치약이라고.
그래서 내가 중학교 때 여드름 났는데
여드름에도 그거 발랐었잖어. 생각 안 나?"

내가 다시 그 자리에 갔을 때 내 친구들과 은숙이 언니는 다시 비석치기를 하고 있었다.

숨을 헐떡이며 나타난 우리 두 사람.

은숙이 언니는 엄마를 보더니 씨익 웃으며

'엄마, 피 나왔네' 하며 자신이 사타구니에서 쓱 뽑아 내버린 천 쪼가리를 턱짓으로 가리켰다.

아줌마는 은숙이 언니가 가리킨 쪽을 보고 확인하더니 갑자기 은숙이 언니에게 달려들어 머리채를 휘어잡고 질질 끌어서 은숙이 언니를 데리고 갔다.

그날 밤 나는 일기장에 그렇게 썼던 거 같다.

은숙이 언니네 엄마는 새엄마일 것이라고.

피 흘리는 죽을병에 걸린 딸을 머리끄덩이를 끌고 가는 건 새엄마나 할 짓이라고. 그리고 그런 은숙이 언니가 불쌍해서 혼자 찔끔거리며 좀 울기도 했던 거 같다.

그 다음 날부터 난 돌담집에 신경이 많이 쓰였었다.

그리고 엄마랑 동네 아줌마들이 하는 얘기도 귀 기울여 듣곤 했었다.

하지만 도대체 그 언니가 죽었다는 소문은 없었고, 며칠 후에는 다시 나와서 우리들과 놀았다.

정작 내가 그 언니의 죽음에 대한 소식을 들었을 때는 대학 때였다.

동네사람들은 정확한 병명도 모른 채 그냥 죽을 병에 걸려 죽었다고 했었다.

그렇다, 오랫동안 잊고 살았던 은숙이 언니.

"갑자기 그 언니 얘기는 왜?"

"참… 기막힌 일이었느니라. 갸가 좀 모지래기는 히도 심성도 착허고 인물은 했니라, 말 안 허고 가만히 앉어 있으믄 속 모르는 총각들은 침을 꼴딱꼴딱 흘림서 덤볐어. 근디 입을 띠믄 총각들이 똥 밟은 거보다 더 놀램서 삼십육계였제."

"엄마는… 불쌍한 사람 놓고 웬 시답잖은 농담."

"그러게나 말이다, 불쌍허제. 갸도, 갸 엄마도. 참말로 자식 키우는 부모 맘이 다 그런가, 옆에서 눈 뜨고는 못 보겠데."

"왜?"

"그때가 언젠가, 하여튼… 그 집이 난리가 났더란 말이다. 갑자기 은숙이가 마당에서 픽— 쓰러지드라는 것이여. 그리서 은챌이 엄마가 가봤더니 은숙이 그것이 입에 거품을 부글부글 품음서 얼굴이 샛노래졌더라나. 은챌이 엄마가 놀래서 은숙이를 흔드는디 몸이 뻣뻣허니 굳드란다. 그리서 그냥 급히 병원으로 싣고 갔는디 뭔 뇌에도 물이 찬다냐?"

"왜? 뇌에 물이 찼대?"

"그랬디야. 뭐 머릿속에 고무풍선 같은 물주머니가 있어갖고 천천히 몇십 년을 두고 물이 찼다네. 그런게 그 주머니가 물이 찰 수록 자꼬 커짐서 뇌를 눌러서 뇌가 발달을 못헌 것이라네. 그리 서 갸가 어려서부터 모지래기였는가벼. 그러다가 자꼬 물은 차서 주머니는 커지제, 머리통은 그만히 갖고 있제, 그러다가 결국은 그 물주머니가 터져버렸는 갑드라. 내가 깨죽 조께 쒂갖고 병원 으로 문병 가본게 아따, 머리 이 정수리 위에다 뭔 호스를 꽂고 누 웠는디 거그서 물 빼는 것이라고 허드라. 본게 무섭드만."

엄마는 10년이 넘은 얘기를 마치 어제 있었던 일을 얘기하듯 내게 해준다.

남의 집 심각한 얘기를 엄마를 통해서 듣는데 나는 웃음이 난다.

우리 엄마에게는 어쩜 저렇게 신기한 일도 많고, 큰일도 많은지.

또, 어쩜 저렇게 해맑고 진지하게 얘기를 하는지.

엄마의 얘기를 그대로 다 믿으면 안 된다.

엄마는 모든 일을 엄마의 기준에서 판단하고 말한다.

그러니 그 물주머니가 커지면서 뇌를 눌러서 뇌가 못 자라서 모지래기가 됐다는 것은 아마 엄마의 생각이지 의사의 말은 아닌 게 아닐까 싶기도 하다.

엄마는 그런 식이다.

한여름에 수박이 달고 맛있으면

'야, 이 수박은 분명히 뭔 짓을 헌 수박이다. 그냥 키운 것이 이렇게 달 수가 없다. 내 생각에는 주사기에 설탕물을 넣어서 찔러 넣고 키운 것이 맞고만. 근게 이렇게 달제. 봐라 설탕 맛이 나제?'

엄마의 그런 터무니없는 주장에도 우리 가족은 서로를 보며 웃기만 할 뿐 토를 안 단다.

아마, 그래서 엄마는 지금까지도 당신이 하시는 말씀에 자신감이 있는지도 모르겠다.

엄마의 얘기는 감안할 거만 감안하고 듣는다면 언제 들어도 실감나고 정겹다.

"그때 내가 은챌이 엄마보고 놀랐다. 아, 에미가 이런 것이구나. 에미 앞에 새끼는 못난 놈 잘난 놈이 없구나. 내가 그때 깨닫고 눈물바람했다."

"왜? 그 아줌마가 어쨌길래?"

"너도 알다시피 은숙이 갸가 조께 모지란게 은챌이 엄마가 속 많이 썩었어야. 그러제, 다 큰 딸년이 사람 구실 못허고 그러고 있응게. 넘들은 다른 형제간 앞길 막힌게 은숙이를 어디로 보내버리란 말도 했었다. 병신 형제간 있다고 허믄 혼삿길도 수월치가 않은게."

"에이, 지능 부족한 게 뭐 유전인가, 그런 건 유전 아냐."

"그리도 사람 맘이 안 그러제. 우리부텀도 사돈 될 양반네에 반

푼이 있다고 허믄 사둔 삼고 싶겄냐?'

"못 말려, 그런데?"

"아무리 옆에서 그리도 은챌이 엄마는 배시시 웃고만 말더라고. 그러니 뭐 우리가 넘의 새끼 이리라 저리라 헐 수 있어. 냅뒀제. 아, 그랬는디 그날 병원에 가서 본 게 은챌이 엄마가 그 머리에 손가락 굵기만헌 호스를 꽂고 혼수상태로 누워 있는 은숙이를 붙들고 어찌나 서럽게 울던지. 나도 눈물이 나더라. 이 여편네가 뭐라고 뭐라고 히쌈서 그렇게 딸 손을 잡고 울드란 말이다. 내가 한쪽에서 훌쩍훌쩍 움서 가만히 그 소리를 들어봤잖겄냐. 쯔쯧… 세상에야… 오메, 가슴이 저린거. 생각만 히도… 참말로…. '아가, 내 새끼야. 차라리 죽어라. 이렇게 모지래기로 사느니 차라리 죽어라, 반푼이라고 천대받고 사느니 차라리 죽어라. 그리고 다음 세상에는 온전헌 여자로 태어나서 니 생각대로 활개치며 사랑받고 사는 그런 인생 살어라. 보기도 아까운 내 새끼, 넘들한티 천대받고, 손가락질 당허고 사느니 차라리 죽어서 온전헌 사람으로 태어나라' 그럼서 우는디 참말로 애절허드란 말이다. 그리서 내가 옆에서 '그려 그려 은숙아. 깨어나지 말고 이대로, 자는 듯이 그냥 가거라' 그랬거든. 그랬드만 갑자기 이 여편네가 바닥에 나뒹굴면서, '아이고 나는 못 살어. 이 불쌍헌 것 이렇게 죽어버리믄 나는 못 살어. 이거 보고잡어서 나는 못 사네, 내 눈에 이거

밝혀서 나는 못 사네. 아이고, 의사선생님 내 새끼 좀 살려 주쇼. 그냥 이렇게 누워서라도 숨만 쉬게 히주쇼' 험서 숨넘어가게 울고 소리 지르더란 말이다. 에미한테 자식은 못나믄 못난대로 잘나믄 잘난대로… 그런 것이여. 아가, 너 우냐?"

나는 하염없이 흐르는 눈물을 주체할 수가 없었다.

나를 바라보던 엄마가 달래듯 가만히 내 등을 토닥여주며 말했다.

"에미는 내 새끼가 물가에 가 있다고만 생각히도 안절부절 잠도 못 자제. 여름에 피서니 뭐니 히서 저그들은 모래밭에서 키타 치고 디스코 추고 밤새도록 놀랑가 몰라도 보내놓은 에미는 그 밤 잠 못 자야. 하물며 자식이 죽는다고 생각허믄… 그때 그렇게 허고 은숙이가 살어났어야. 퇴원허고 며칠 있응게 말짱허니 돌아댕기고 놀데. 근디 몇 달 있다가 또 시름시름헌게 종합병원에 또 데리고 갔단다. 그랬는디 이번에는 전북대학병원에서 왔담서 자꾸 은숙이 머리를 이리 뒤집어 찍고, 저리 뒤집어 찍고 허드니 뭔 교수라는 양반이 머릿속의 그 물주머니를 떼내면 완전 정상인은 아니어도 지능이 좀 좋아지면서 어느 정도 정상인 생활을 헐 수 있겄다고 허드래여. 기쁜 일이제. 하느님 목소리가 그렇게 기쁘겄냐, 심 봉사 눈 뜬 것이 그렇게 반갑겄냐. 거그다 대고 수술비까지 꽁짜로 해준다고 허드래여. 전북대학병원에서 연구히본다고. 연구고 지랄이고는 그 짝이 알아서 헐 일이고 그저 은챌이 엄마는 은숙이 사람 꼴 된다는 것만 좋았겄제. 그리서 당장 히주라고 울며 매달리는디 의사가 그러드란다. 뇌라서 조심히서 잘헌다고 히도 자칫 칼끝 한 번만 잘못 놀리믄 몸 어디 한 군데가 병신될 수도 있다고 다짐을 받더래여. 그 소리에 은챌이 엄마 놀랬제. 시방은 머리는 모지래도 몸은 성헌게 지 몸 지 맘대로 놀리는디 잘못히서 병신 돼서 지 몸도 맘대로 못 놀리믄 불쌍허다고, 죽으믄 에미 없는디서 병신소리 듣는다고 몸이라도 성히야 헌담서 그 꽁짜 수술을 포기허고 그 길로 딸을 업고 집으로 왔드랑게."

엄마도 얘기를 하면서 마음이 아팠던지 눈에 눈물이 맺혔다.

엄마 눈의 눈물을 보자 나는 더 슬피 울었다.

엄마의 눈물이 이렇게 딸의 가슴을 아프게 하는구나.

자식 눈에 눈물 나면 엄마 눈에는 피눈물 난다더니 엄마 눈에 눈물 나도 자식 가슴은 무너지는 거구나.

"나처럼 불효만 하던 딸이 죽어도 그럴까?"

"지랄허네, 그런 소리를 왜 혀? 그런 소리 허도 말어. 자식은 잘나믄 잘난 대로 못나믄 못난 대로 에미한테는 소중허고 귀헌 것이여."

"그렇구나, 절대 엄마보다 먼저 죽으면 안 되겠구나."

"이 미친년이 왜 이려? 나는 그런 소리를 젤로 듣기 싫어허는 사람인디. 나는 절대 자식 앞세우고는 못 살아. 보고잡어서 어떻게 살겄냐? 맨날 목소리 듣고 싶어서 어떻게 살어? 내가 못히준 것만 생각나고, 비 오믄 떠내려갈까 눈 오믄 언 땅에 묻혀있을 기막힐 노릇을 어떻게 견디면서 사냐고. 나는 못 산다. 내 새끼… 아이고, 그런 말은 농담으로도 허고싶지 않어야. 내가 너그들한테 뭐 달리 부탁허는 거 있디? 맨날 뭐라고 혀? 건강허니만 살으라고 허지? 내가 출세허라고를 허디, 돈 많이 벌으라고를 허디, 그렇다고 효도 허라고를 허디. 나는 너그들 건강허게 사는 것이 최고인 사람이여. 너그들 넷 줄줄이 앉혀놓고 임종허는 것이 나는 젤로 행복허게 살다가는 것이여."

엄마 미안해. 미안해 정말.

엄마의 그런 맘도 모르고 나는 얼마나 많이 죽어버릴 생각을 했었던가.

권 선배, 나 진짜 난처해 죽겠네. 내 월급에 차압 들어온다고 은행에서 연락왔어요. 나 이번엔 진짜 안 돼요, 남편이 이번엔 꼭 해결하래. 못하면 이혼하재. 요즘 세상에 누가 보증을 서냐고. 자꾸 불쌍한 표정으로 그러지만 말고 어떻게 할 건지 말 좀 해봐요. 아휴, 진짜… 아니, 남편은 대체 뭐하는 거예요? 시댁이 그렇게 잘산다면서? 사업은 아무나 하나? 괜히 사업한다고… 깝죽대다가 가족 잃어, 친구 잃어, 마누라까지 이 꼴로 만들고 권 선배 처지도 참 딱하다. 근데 나 더는 안 되겠어요. 명퇴신청 받던데 퇴직금 받아서라도 내 꺼부터 해결 좀 해줘요. 미안해요.

그때 접시 물에 코 박고 죽는다는 말의 참뜻을 알 수 있을 거 같았다.

그때 그 자리에서 혀 콱 깨물고 죽는다는 사람들의 심정도 이해했다.

세상은 돈이 사람 노릇을 한다는 것도 이해하게 되었다.

결혼할 때만 해도 고급공무원 집안의 막내아들로 일류대 수석 졸업에 대기업 과장으로 그야말로 킹카였고 많은 사람들의 부러움을 샀었다.

그렇게도 유능하고 멋있던 그가 결혼하자마자 회사에 사표를 내고 너도나도 덤벼들던 벤처사업을 한다고 일을 벌였다.

퇴직금을 비롯한 약간의 여유자금, 시댁과 친지들의 도움도 받았고 전셋집도 월세로 옮겼다.

나도 직장에 다니면서 꽤 좋은 보수를 받고 있었기에 당분간은 내가 버는 돈으로 생활하고 남편은 사업에만 올인하기로 했다. 우리들의 천국을 꿈꾸며.

그렇게 5년.

남은 건 갚을 엄두도 낼 수 없는 빚더미.

잃은 건 친구, 친척, 신용, 그리고 세상의 전부인 건강.

너희들 키움서 괜히 낳았다고 후회한 적 없냐고?
없어야. 한 번도 없어야.
너희들 어렸을 때 한방에다 넷을 줄줄이 눕혀놓고 보면
어찌나 흰떡 같고, 보름달같이 이쁘든지.

08

자식 앞에 부모는 늘 죄인이고, 늘 미안하다.

더 잘 키워 주지 못해서 미안하고, 호강시켜주지 못해서 미안하고 잘난 부모 못 돼줘서 미안하고.

나는 늘 잘난 너를 보면서 너를 내 딸로 낳은 것이 늘 미안했다.

잘난 딸의 적합한 엄마가 못되는 거 같아서 늘 미안했다.

텔레비전서 이쁜 탤런트들 나오고, 말 잘허고 똑똑헌 양반들 나오면 나는 늘 생각했다.

'저런 양반들이 우리 새끼들 엄마믄 우리 새끼들이 얼마나 엄마를 자랑스러워 험서 기 피고 살까?'

나는 늘 너희들한테 그것이 미안했다.

너희들 키움서 괜히 낳았다고 후회한 적 없냐고?

없어야. 한 번도 없어야.

너희들 어렸을 때 한방에다 넷을 줄줄이 눕혀놓고 보면 어찌나 흰떡 같고, 보름달같이 이쁘든지.

너희들 때문에 살았지 너희들 때문에 힘들다는 생각은 한 번도 안 해봤다.

너희들 눕혀놓고 운 적도 많다.

사는 것이 고생스러워서가 아니라 이 이쁜 새끼들이 부모 잘못 만나서 고생하는 거 아닌가 싶어서 미안해서 울었고, 너희들이 내 새끼로 태어나줘서 고마워서도 울었다.

세상에 노력해서 안 되는 일 없다고들 허지?

그런데 세상에 노력 안 해도 저절로 되는 일도 있는데 그게 뭔지 아냐?

바로 자식사랑이여.

누가 시키지 않아도, 노력하지 않아도 저절로 되는 것이 자식사랑이다.

그런데 아무리 생각해도 진짜로 이상하네.

어째 우리 딸이 은숙이 죽은 얘기를 듣고 그렇게도 서럽게 우냐?

하기사 은숙이랑 어려서 친하게 지내기는 했지만서도.

그리고 또, 뜬금없이 미안하다는 소리는 뭐여?

그 뜻인가?

결혼하고 5년이 넘도록 애기가 없어서 에미 애간장 졸이게 헌 거 그것이 미안하다는 것인가?

어쩔 수 없지. 결혼을 했으면 애를 낳아서 온전한 가정을 이뤄서 사는 걸 봐야 부모도 맘이 편한데 안 생기는 애를 인력으로 어쩐단 말인가.

대신 낳아줄 수 있는 것이라면 내가라도 두서넛 낳아서 주겠고만.

말은 저도 둘이 재밌게 살면 되지 뭐 애기냐고 하지만 지 속은 또 얼마나 타졌어.

참말로 뭣이 문젠가 모르겠네.

참새는 작어도 알만 잘 까드만 우리 딸은 뭣이 문제여.

세수를 하고 부엌에 가보면 엄마는 언제부터 일어나 준비한 건지
벌써 아침상을 봐놓고, 부뚜막 위에는
열 개에 가까운 도시락 통에 밥을 담고 있었다.
나는 그것이 당연한 건 줄 알았다.
그것은 엄마가 해야 할 일이고,
엄마들은 다 그래야 하는 줄 알았다.

09

딱딱딱딱… 나무도마에 무채 써는 소리다.

우리 집에 온 게 맞다.

엄마는 무채를 기계처럼 빠르게 잘 썬다.

어렸을 때 그런 엄마를 보며 참 신기하게 생각했었다.

늙고 나이 들었어도 엄마의 칼질 솜씨는 녹슬지 않았나 보다.

박자가 탁탁 맞는 소리는 음악 같고, 엄마의 노랫소리 같다.

나는 일부러 눈을 감고, 이불을 끌어다 목까지 감싸고 칼질하는 소리를 듣는다.

학교 다닐 때, 아침마다 부엌의 움직임에 아침잠을 깼다.

보글보글 된장국 끓는 냄새가 이가 맞지 않는 문틈으로 침입해서 방안을 점령했고 엄마의 칼질하는 소리와 달그락거리는 그릇 소리가 우리를 공격해 눈뜨게 했다.

그래도 일어나기 싫어서 '5분만' 하고 이불을 목까지 끌어당겨서 누워있으면 엄마가 부엌에서 차근차근 우리 남매들 이름을 부르며 일어나라고 재촉하셨다.

그러면 우리는 포기를 하고 일어나며 부엌을 향해 소리질렀다.

'일어났어요.'

세수를 하고 부엌에 가보면 엄마는 언제부터 일어나 준비한 건지 벌써 아침상을 봐놓고, 부뚜막 위에는 열 개에 가까운 도시락 통에 밥을 담고 있었다.

나는 그것이 당연한 건 줄 알았다.

그것은 엄마가 해야 할 일이고, 엄마들은 다 그래야 하는 줄 알았다.

자식을 낳았으면 잘 먹이고, 잘 가르치고, 잘 키우는 것이 부모의 의무고 우리 자식들은 당연히 그런 대접을 받아야 되는 건 줄 알았다.

내가 고등학생 때였던 거 같다.

아버지가 아침을 먹으며 내게 일찍 일어나 엄마를 좀 도우라고 했다.

나는 '예' 한마디면 될 걸 엉뚱하게 시비를 걸고 말았다.

"그럼 아부지랑, 엄마가 내 공부도 도와 주실래요?"

"뭐… 뭐여?"

"엄마는 엄마 할 일 하는 거고, 아부지는 아부지 할 일 하시믄 되는 거고, 나는 내 할 일 하면 되는 거 아니에요?"

"이년 보게…."

"아침부터 왜 이년 저년이에요? 기분 나쁘게."

나는 밥을 먹다 말고 숟가락을 던지듯이 놓고 일어서버렸다.

아버지는 소리소리 지르며 오라고 했지만 나는 내 방으로 가서 얼른 책가방을 챙겨서 대문을 향했다.

밥그릇이 날아와 내 앞에 떨어졌지만 나는 눈 하나 깜짝 안 하고 태연하게 대문을 향해 걸었다.

아버지는 나의 그런 당돌하고 거만한 모습에 더 화가 나고 괘씸했겠지만 나는 그때 눈 하나 깜짝 안 한 것이 아니었다.

사실 너무 겁이 나고 다리가 후들후들 떨리는 걸 아닌 척하며 도망치고 있는 것이었다.

오빠가 나가는 내게 소리치며 들어오라고 했지만 나는 못 들은 척 대문 밖으로 나갔고, 화가 난 오빠가 맨발로 뛰어나와 내 어깨를 잡아챘다.

"아버지가 오라고 하시잖아."

"나 학교 늦었어. 이거 놔."

"너 같은 게 학교는 다녀서 뭐 해? 다 관둬."

"오빠나 잘하셔."

"이게…."

"놔, 괜히 건드려서 독사 만들지 말고 놓으라고."

그렇게 나는 오빠를 밀쳐내고 뛰다시피 걸어 버스정류장으로
갔다.

나는 그때 오빠가 금방이라도 뛰어와 내 머리채를 잡을 거 같
아서 간질간질한 뒤통수를 겨우 진정하고 걷는 데만 열중했는데
다행이 오빠는 쫓아오지 않았고, 나는 무사히 학교 앞에 가는 버
스를 탈 수 있었다.

통학시간이라 버스 안은 꾸역꾸역 학생들로 찼고, 나는 자꾸
들어오는 사람들에 밀려 뒤로 뒤로 가게 되었는데 눈앞에 낯익은
사람이 보였다.

어디선가 많이 본 사람이고, 낯이 익은데 순간적으로 누군지
잘 모르겠는 사람이 도시락통을 들고 버스 창문 옆에서 안을 두
리번거리며 정신없이 누군가를 찾고 있었다.

내가 그 사람을 보며 누군지 기억 못해내고 그저 눈만 동그랗
게 뜨고 보고 있는데 그 사람의 눈이 나를 보았고 급히 버스 창문
을 두들기며 열어줄 것을 호소했다.

창가에 있던 누군가가 창문을 힘겹게 열자 그 사람이 '아가' 하
고 나를 불렀다.

나는 그때 생각났다.

그건 우리 엄마였다.

집에서 아침밥을 짓던 그 모습 그대로, 얼마나 급했는지 짝이 안 맞는 신발을 왼쪽, 오른쪽도 바뀐 채 그저 발에만 꿰고, 숨을 헐떡이며 그 창문으로 도시락을 내밀었다.

그날 밤에 나는 집에 와서 얼마나 울었던가.

아버지한테 혼나서, 오빠랑 싸워서 운 것이 아니라 엄마 땜에 창피해서 못 산다고, 점심 한 끼 굶으면 죽냐고 쪽팔려 죽느니 굶어죽는 게 낫다며 억지소리를 해대고 얼마나 엄마를 원망하며 울었던가.

그때 엄마는 말 없이 내 원망을 다 듣고 나서 그러셨다.

"아가, 너는 한 끼 굶어도 괜찮을랑가 몰라도, 나는 내 새끼 한 끼라도 굶는다고 생각허믄 가슴이 저려야."

저 도마소리에 오랜만에 추억에 잠겼는데 왜 꼭 결론은 내가 엄마한테 잘못한 것 쪽으로 흐르냐.

그리고 보니 난 그동안 엄마한테 참 못된 딸이었나 보다.

어쩌면 이리도 잘못한 게 많은지.

그동안은 몰랐는데 한 번 꺼내놓기 시작하니 기억의 통 안에서 줄줄줄 잘못한 것들이 딸려나와 나를 힘들게 한다.

이제 와서 어쩌라고, 다 갚을 길도 없는데.

하나하나 사과할 시간도 안되는데.

“나야.”

“대체 어떻게 된 거야?”

“미안해.”

“말이나 하고 가던지 전화기를 켜놓던지….”

“그렇게 됐네. 미안해. 어젯밤에 해댄 것도 미안해.”

“됐어. 회사는?”

“이제 전화해야지.”

“대체 무슨 일이야?”

“나 사표 내려고.”

“갑자기 왜?”

“퇴직금이 2억이 좀 넘을 거 같네. 희선이 월급에 차압 들어오게 생겼대. 나 땜에 피해보면 안 되잖아. 그거 해결해 주고 여기저기 빚 좀 끄자, 당신 급한 돈도 좀 쓰고.”

“미안하다, 근데 나 앞으로도 당분간 집에 생활비 못 내놓을 거 같은데 어떻게 살려고?”

“어떻게 되겠지.”

“내가 데리러 갈까?”

“아니, 하루 이틀만 엄마랑 더 있다가 바로 갈게.”

“소화 안 되고 오른쪽 어깨 아프다는 건 좀 어때?”

“기억하고 있었어? 관심도 없는 줄 알았더니.”

“올라오면 같이 병원 가보자.”

“정말 같이 가줄 거야?”

“응.”

“자기야, 연애 3년 결혼 5년. 나 만나서 행복했던 적 있어?”

“미란아, 너 힘든 거 알어. 나 몰라서 이러는 거 아냐. 그냥 모르는 척하는 거야. 너한테 너무 미안해서.”

“나 자기 만난 거 후회 안 해. 그동안 맞지 않는 옷 입고 있느라 힘들었을 자기한테 너무 미안할 뿐이지. 근데 나 자기한테 맞는 옷 되려고 너무 노력했나 봐. 누가 시키지도 않은 일을… 난 꼭 누가 시키지도 않은 일을 알아서 너무 열심히 해서 탈이라니까.”

“다 갚아줄게. 너 꼭 행복하게 해줄게.”

“언제?”

“지금 노력하고 있잖아.”

“나 그동안 내가 자기 미워하는 줄 알았거든. 근데 아니더라. 그 5년이 힘들기만 한 것도 아니었어.”

“미안해.”

“아니, 사랑해라고 말해줘.”

연애하는 3년 동안은 너무 좋았다.

한 번도 그 사람이랑 나랑 안 맞는다거나 성격 차이가 있다고 생각한 적도 없다.

그러나 연애와 결혼은 확실히 달랐다.

연애는 두 사람이 하는 거지만 결혼은 집안이 하는 거였으니까.

결혼생활 5년은 그냥 그랬다.

좋지도 싫지도 않은, 그저 서로 열심히 사느라 정신이 없었고 미워하지도 사랑하지도 않았다.

그저 막연하기만 한 먼 훗날의 우리들의 천국에 대한 환상에만 빠져 다른 걸 신경 쓰고 볼 줄 몰랐던 거 같다.

나는 어쩌면 그런 점에 지쳐 있었는지도 모른다.

회사에 전화를 하니 난리다.

아침에 줄줄이 미팅 약속이 있었는데 나의 일방적인 펑크로 다들 당황했었나 보다.

급한 일로 지방에 와있으니 알아서 잘 좀 처리해 달라고 서 과장에게 부탁을 했더니 서 과장은 걱정 말고 간 일이나 잘 해결하고 조심해서 올라오란다.

좋은 사람.

희선이에게는 퇴직금으로 네 문제 해결할 테니 더 이상 우리 남편 비웃고 깔보지 말아달라고 부탁했다.

10

"야야, 지선이가 너 왔다고 헌게 좋아허드라. 점방으로 놀러오
라던디."

"지선이네 갔었어?"

"응, 너도 왔는디 집에 뭐 찍어 먹을 것이 있어야제. 지선이네
가서 소 족 하나 샀는디 너 고아준다고 헌게 최고 존 놈으로 골라
주더라. 봐라. 진짜 한우여."

"돈 많이 썼겠네, 내가 돈 주까?"

"벨소리를 다헌다. 나 돈 있어. 너그 오빠랑 동생들이 매달 용
돈 보내주잖냐."

"다른 형제들은 그래도 자식 노릇하면서 사는구나. 나는 엄마
도와주기는커녕 뜯어가기만 하는데."

"새털 같은 세월 뭣이 걱정이여? 앞으로 돈 많이 벌믄 그때 나
비행기도 태워주고 용돈도 많이 주믄 되지."

"엄마, 비행기 타고 싶어? 우리 제주도 갈까? 그러고 보니 엄마
랑 그동안 여행을 한번도 같이 간 적이 없네. 엄마, 또 나랑 같이
하고 싶은 거 없어? 목욕탕 갈까? 엄마는 딸들이 엄마랑 같이 와
서 등 밀어주는 게 부럽다며? 내가 구석구석 다 밀어 줄게, 가요.
뭐 갖고 싶은 건 없어? 엄마 친구들은 모이면 딸이 사줬다고 이것
저것 갖고 와서 자랑 많이 하지? 어쩌면 나는 엄마 변변한 선물
하나 안 사줬냐? 생신 때 와도 돈 봉투나 하나 달랑 내놓고…."
"그야, 내가 선물보다 돈을 더 좋아헌게 그런 것이제."
"세상에… 나는 엄마한테 그런 딸이었구나. 그저 엄마한테 받
기만 하고 아무것도 해주지 않는 그런 딸."
"참말로, 야가 이상허네. 어째 갑자기 그런 소리들을 했쌌냐?"
"그러게, 나 철드나 봐 자꾸 엄마한테 미안한 거만 생각나고 잘
못한 거만 생각나네."
"여자는 애를 낳으믄 철이 들고 에미 맘 안다는디 너는 애기 안
낳고도 철드는갑다이?"

어째 이렇게 가슴이 두근두근 할까?
우리 딸이 뭔 일이 있는 것이 틀림없는데….
딸이 어째 말도 많아지고, 농담인지 뭔지 실없는 소리도 해대
고 변한 거 같다.

대체 왜 저런다냐?

세 살 네 살짜리 꼬마둥이여서 두들겨 패서 대답하게 헐 수도 없고.

학교다닐 때 그렇게 좋아하고 잘 지내던 지선이 보러 가라고 해도 귀찮다고 안 가고.

그놈의 김 서방인지 파래 서방인지는 어째 전화도 없어.

마누라가 갑자기 친정에 왔으면 속상한 것은 상한 것이고 데리러 오는 시늉은 해야 할 것 아녀.

뭔 일인지는 몰라도 지놈이 잘못허고, 쌈을 걸었으면 걸었지 우리 딸이 시비 걸고 분란 낼 사람은 아닌데 그러면 지가 와서 무릎은 못 꿇어도 모셔가는 성의는 보여야 되는 것 아닌가.

나쁜 놈. 내 귀한 딸 데려다가 저렇게 삭게 만들고….

내가 뭐 저 이뻐서, 내 사위 내 사위 하는지 아나.

아나 개떡이다.

속으로는 미워죽겠어도 다 내 딸한테 잘하라고 그러는 것이지.

이쁘다 이쁘다 했더니 내 속도 모르고, 니놈이 자존심 세우고 우리 딸이 기어들어오기 기다리냐?

내가 안 보낸다.

내가 내 품에 끼고 앉아서 실컷 만져보고, 실컷 냄새 맡어보고 맛난 것도 많이 해서 혼자만 실컷 먹일란다.

너 이놈, 우리 딸 모시러 와서 싹싹 빌고 데려가기 전에는 안 내놔.

다시는 우리 딸 눈에서 눈물 나게 안 한다는 각서 쓰기 전에는 못 데려갈 줄 알어.

근디, 참말로 안 오믄 어쩌제?

김 서방인지 파래 서방인지 그놈도 고집이 여간 쎄던디.

괜히 또 나중에 장모 때문에 이혼한다고 하는 거 아닌가 몰라.

그러면 안 되는디.

오메, 늘그막에 어메가 설쳐서 딸 이혼녀 만들었다고 소문나믄 내 꼴이 말이 아닌디.

설마, 진짜 안 오든 안 허겄제.

내가 말이 그렇지 뜻이 그러겄어.

출가외인인디 남편이 와서 데려간다고 허믄 내놔야제 뭣헌다고 끼고 있어. 괜시리 서로 정만 나지.

언제 올랑가?

바뻐서 못 오는가?

내가 다시 한 번 전화 좀 히봐야 허는 것 아닌가 모르겄네.

아따, 딸 가진 죄인이라더니 이리도 걱정 저리도 걱정.

딸은 낳을 때 섭섭허고, 키울 때 손 많이 가고, 시집보내 놓고도 철철이, 때때마다 반찬 해다 바쳐, 사우 보약 해보내, 그러고도 반품될깜시 맘 졸여야 되고 애물단지네 애물단지.

11

"전화 좀 받아라."

촌스러운 분홍색 전화기가 고전적인 벨소리를 내며 울린다.

엄마는 뭘 하는지 뒤꼍에서 나보고 전화를 받으라고 소리지른다.

누굴까?

2년 전 남편이 1차 부도를 낸 후부터 나는 전화벨이 울려도 전화기만 노려볼 뿐 전화를 받지 않을 때가 많아졌다.

전화기를 노려보는 나의 눈빛을 다른 사람들이 봤다면 이 전화가 어디서 오는지 알아보기 위한 초능력자의 눈빛 같다고 말했을지도 모른다.

하지만 사실 내가 그렇게 전화기를 노려보았던 이유는 주문 때문이었다.

'말발타하 살발타하 수리수리마하수리. 그냥 끊어라. 그냥 끊어라.'

분홍색 전화기는 한참을 울어대더니 조용했다.

주문은 금방 풀리고 다시 울리기 시작한다.

목소리를 가다듬고 다시 울어대는 건지 좀전보다 산뜻하다. 그래 그 노력에 점수를 준다. 받자.

"여보세요?"

"미란이냐?"

"응, 지선이구나."

"너 정읍이라며, 근데 왜 우리 가게 안 와? 엄마한테 얘기 못 들었냐?"

"응, 몸이 좀 아파서….'

"많이 아퍼? 그럼 내가 너희 집으로 갈까?"

"아… 아니, 내가 조금 있다가 갈게."

아무도 만나고 싶지 않았는데.

만나서 무슨 얘기를 한담.

친구도 참 이상하다.

매일 통화하고, 자주 만나는 친구하고는 얘깃거리가 많은데 가끔 만나는 친구는 만나는 순간 반갑고, 안부 몇 마디 묻고 나면 할 말이 없다.

더군다나 지선이는 어떻게 대해야 할지 더 암담한 친구다.

그냥 아무 일 없었다는 듯이 예전처럼 주책을 떨어야 하나.

그러기엔 너무 기운이 없는데.

그럼, 그냥 지선이 얘기만 들을까?

눈치 빠른 지선이가 그 일 때문에 내가 변했다고 생각할 텐데.

하긴 일 년 전 그 일이 우리를 서먹하게 만든 건 사실이니 일부러 아닌 척하진 말자.

붉은 진열장 안에는 고기가 없다.

대신 '고기는 안에 있습니다' 라는 하얀 아크릴판에 붉은 페인트로 쓴 푯말이 진열장 안을 독점하고 있다.

지선이는 고등학교를 졸업하자마자 안경공장에 2년 정도 다니다가 초등학교 동창과 결혼을 했다.

그래서 우리 친구 중에 애가 제일 빠르다.

10여 년 전부터 남편이랑 같이 정육점을 하는데 제법 잘된다고 했었다.

"바쁘구나."

"왔냐? 거기 앉어라. 나 하던 거만 허고."

"천천히 해."

비릿한 생고기 냄새가 역하다.

구역질이 날 거 같지만 침을 꿀꺽 삼키고 어금니를 물어본다.

지선이는 보기에도 무시무시한 큰 칼을 들고 요가 매트만한 나무도마 위에서 고기를 도막 내고 기름을 떼어내는 작업을 하고 있다.

10년이라는 세월이 그냥 가지는 않았는지 제법 손놀림이 빠르고 정확한 것이 정육점 주인티가 난다.

겁 많고, 눈물 많던 지선이가 아무렇지 않게 칼을 들고 고기를 토막 내는 모습이 어쩐지 나는 서글프다.

"남편은?"

"남편인지 반편인지 그 인간 신선놀음허로 갔다."

"애들 많이 컸지?"

"많이 컸지. 큰애는 봄에 중학교 가."

"벌써? 빠르다."

"너는 아직도 소식 없는 거여?"

"……."

"참 이상허네. 아니, 나는 남편이랑 한 이불만 덮고 자도 애가 만들어지던디 너는 무슨 조화 속이다냐? 나 애 셋 낳는 사이사이에도 여럿 지웠어야."

"남편이 정력이 센가 보네?"

"그 인간이 그걸 좀 밝히냐? 그리서 내 속이… 아이고, 징헌 인간."

지선이는 나한테 들으라는 건지, 혼자 하는 소린지 계속 중얼

거리며 칼질을 한다.

"혀를 빼버릴 놈의 인간, 누구 손은 칼 들고 피 묻히는 손이고 누구 손은 젊은 년 궁둥짝 주무르는 손이냐. 뼈 빠지게 벌믄 뭐 하냐고, 버는 놈 따로 있고, 쓰는 놈 따로 있는디. 뭐? 머리 좀 어떻게 허라고? 어떻게 허끄나. 파마를 허라고 돈을 줘봤냐, 시간을 줘봤냐. 긴 생머리가 찰랑찰랑 좋아? 하이구, 니놈 가슴이 철렁철렁헐 일 생겨. 내 심사 건드리지 말어. 누가 몰라서 이러고 있는지 알어? 노는 꼬락서니 볼라고 이러고 있는 거여. 여차허믄 내가 가서 진다방 문을 확 때려 부숴버리고 너희 년놈 다리몽댕이를 확—."

하루 이틀, 한 번 두 번 해본 말투가 아니다.

행사 때 당연히 애국가 부르듯, 힘든 일 할 때마다 쏟아내는 레퍼토리일 거라는 생각이 들어 웃음이 나왔다.

미움도 사랑이라는데 지선이는 아직도 사랑하고 욕할 기운이 있나 보다.

이젠 그런 것도 부럽다.

"니 남편 바람났니?"

"그럴 위인도 못 돼, 저 골목 돌아서 성신상회 자리 거그 진다방이라고 다방이 하나 생겼는디, 누구는 왕년에 미니스커트 안 입어 봤냐? 한겨울에 스타킹도 안 신고 빤스 다 보임서 다니는 년이 하나 왔는디, 온 시장에 불알 달린 놈들은 다 침 흘리고 거그 가서 앉었다.”

예전의 지선이가 확실히 아니다.

칼질 솜씨만 는 게 아니라 거친 말투가 얼마나 치열하게 살아왔는지를 말해주는 거 같다.

“왜?”

“머시 왜여? 한 번 주까 히서 먹을라고 침 흘리고 있는 것이제.”

“이쁜가부지?”

“반반허기는 혀. 근디 요즘 안 이쁜 여자 어딨냐? 너도나도 다 수술허는디. 불경기에도 성형외과는 돈 버는가벼. 서울서는 성형수술이 부의 상징이라고 험서 취미로 뜯었다 고쳤다 허는 사람들도 있담서? 나도 째고 찢고 쑤시고 칼질은 자신 있는디, 이 짓 때려치고 야매로 성형수술이나 허까부다.”

“농담이라도 섬뜩하다.”

“요새 하도 돈 벌기 팍팍헌게 뭐 허믄 돈을 많이 벌까 그 생각 허다가 내가 생각헌 것 아니냐. 근디 참어야겠지. 넘의 신세 조지겄지? 히히히….”

지선이는 내게 잠깐만 기다리라는 눈짓을 하고 전화기를 들었다.

남편에게 걸었던 것인지 고래고래 소리를 지르며 이빨을 뽑아 공기놀이를 한다는 둥, 비 오는 날 먼지 나게 맞아볼 거냐는 둥,

고추를 떼서 솔개에게 줘버리겠다는 둥 온갖 협박을 다 해댔다.

TV로 코미디프로를 보는 것보다도 지선이가 남편과 전화통화하는 것을 듣는 것이 훨씬 재밌고 웃겼다.

그런데 웃으면서도 왜 눈물이 나고 가슴이 멍한지는 나도 모르겠다.

수화기를 때려 부술 듯이 놓고 씩씩대는 지선이는 여장군 같은 모습이다. 예전에는 정말 저런 모습이 아니었는데.

누가 지선이를 저렇게 변하게 만든 것일까?

내가 이렇게 된 것은 대체 누구 탓일까?

"아예, 남편 바람났다고 마이크에 대고 얘기하지 그러냐? 넌 창피하지도 않니?"

"내가 열일곱인 줄 아냐? 남자의사 앞에서 다리 벌리고 애도 낳았다. 우리 서방 진다방에서 침 흘리고 있는 거 이 시장통 사람은 다 알어."

지선이의 협박이 효력이 있었는지, 아니면 작전상 후퇴인지 전화를 끊고 잠시 후 정말 지선이의 남편이 왔다.

지선이 남편은 지선이와 동창이면서 나와도 동창이라서 우리는 서로 잘 아는 사이인데 가게에 들어선 지선이 남편은 나를 보더니 깜짝 놀라고, 망신스럽다는 표정으로 지선이를 보며 뒤통수를 긁는다.

지선이는 그런 남편은 신경도 안 쓰고 얼른 패딩점퍼를 찾아들며 나를 문쪽으로 밀었다.

“어디가?”

“남이사…?”

“가게는…?”

“이 코딱지만한 가게에 둘이나 붙어서 뭐 허게? 혼자 열심히 지키셔.”

“언제 올라고?”

“안 가르켜주지, 폭폭혀 뒈져버리라고.”

“저게 진짜….”

헤헤거리며 나를 밀고 정육점을 나온 지선이는 등 뒤에서 내 허리를 감싸듯이 안아 자기 손을 내 코트에 넣었다.

그러더니 얼른 빼고 내 얼굴을 빤히 보며 왜 이렇게 말랐냐고 했다.

금방 눈물을 떨어뜨릴 거 같은 눈으로 나를 바라보며.

지선이는 말도 많지만 눈물도 많은 친구였다.

서먹할까 봐 걱정했는데 지선이는 예전이나 지금이나 하나도 안 변했다. 덩달아 나까지 자연스러워진다.

나는 얼른 말머리를 돌려본다.

"요즘 니 연구대상은 상황이 어때?"

"얘기 못 들었냐? 엄마한테?"

몇 년 전 엄마 생신 때 내려와서 잠깐 만난 지선이가 난데없이 자기 연구논문을 쓸 거라고 했다.

제목이 '잰틀맨의 욕망' 이라나.

오래 전부터 지선이네 동네에 부부가 하는 작은 문방구가 있는데 주인아저씨가 너무 잘생겼고, 점잖았다.

손님이 가도 딱 할 말만 하고, 그 외에는 입술을 살짝 올리는 미소만 가끔 보여줬고, 손님이 없을 때는 신문을 보며 있는데 영화 속 주인공 같다고들 했다.

처음 오는 손님들은 그 아저씨를 보면 다 영화배우 같다고 했고, 아저씨는 그저 아무 대꾸 없이 미소만 지어 보이는 신비한 사람이었다.

나도 여고 때 지선이의 호들갑 때문에 일부러 그 아저씨 보러 그 문방구에 가서 볼펜도 사고, 연습장도 샀었다.

그 아저씨는 잰틀맨이란 별명을 얻고, 제법 많은 여학생 손님을 사로잡고 있는 주인공이기도 했다.

그런데 주인아줌마 별명은 또 떠버리였다.

너무 언밸런스한 부부는 늘 우리들의 수다거리였는데 그럴 수

밖에 없는 게 그 아줌마는 뭐든 다 입으로 쏟아놓아서 비밀과 창피함과는 인연을 맺어 본 적도 없는 여자 같았다.

여고 졸업하고 한동안 잊고 지내던 사람인데 갑자기 그 사람에 대한 연구논문을 쓰겠다는 것이다.

물론 논문을 쓴다는 건 농담이다.

그건 호기심 많은 지선이에게 그 아저씨가 먹잇감으로 걸렸으니 앞으로 재밌는 얘기가 많이 나올 거라는 기대를 심어주는 말로 우리 친구들 사이에는 이해되었다.

지선이가 그 잰틀맨 아저씨에 대해서 연구논문을 쓰겠다고 말하게 된 사연은 대충 이렇다.

어느 날 지선이가 애 준비물을 사러 그 문방구엘 갔다.

조금만 더 걸으면 싸고 물건도 많은 대형 문방구가 있지만 그래도 옛날부터 다니던 곳이고 해서 인정상 그곳으로 갔다.

그런데 칠순을 바라봐 이제는 할머니가 된 그 떠버리 아줌마가 지선이를 붙잡고 하소연을 하는 것이다.

"우리 영감탱이가 노망이 났어. 지난 겨울에 수돗가에서 세수하다가 떨어져서 병원으로 옮겼었거든."

"그 얘기 들었어요, 그때 반신불수 되셨다고."

"그 중풍이라는 것이 무서운 것이드만. 사람 몸만 병신을 만드는 것이 아니라 정신도 오락가락헌게."

"치매 왔는 갑네요. 집안에 그런 분 있으면 가족들이 다 고생이라던디."

"난리도 난리도 그런 난리가 없지. 늘 지키고 있어야지 안 그러면 맨날 사고쳐. 내가 며느리 보기 민망하고 볼 낯이 없어서 새벽부터 여기 나와있는 거여."

"아저씨는 어쩌고요?"

"며느리 있잖여. 우리 며느리가 효부여. 세상에 요즘 세상에 그런 며느리가 다 있데. 우리 며느리지만 잘허는 것은 잘헌다고 히야지. 얼마나 반푼 시아버지한테 극진헌지 어떨 땐 보고 있으믄 내가 눈물이 다 난당게."

"아휴, 쉽지 않은 일일 텐데 대단허네요."

"암, 나는 우리 서방이어도 못 허겄어. 근디 우리 매느리는 참말로 벨것이여."

"허고 싶어서 하겠어요, 해야 되니까 허지. 그래도 아저씨 입장에서는 며느리보다 아줌마가 더 편하지 않을까요?"

"아이고, 난 못혀. 밤에 시달리는 것만으로도 죽겄는디."

"밤에 왜요?"

"이 영감탱이가 치매가 걸린게 깜빡깜빡히갖고는 저녁내 올라갔다 내려갔다 올라갔다 내려갔다 잠을 안 재워."

"예?"

"아, 했는디도 깜빡헌게 안 헌 줄 알고 또 올라와. 그리서 쪼께 깔짝거리다가 내려가, 그랬다가 잠 좀 들만 허믄 또 올라오고, 내가 아까 했다고 허믄 언제했냐고 따져서 자다가 큰소리 내고 싸우기 싫어서 그냥 대줘버려."

"근데 그 연세에도 그게 돼요?"

"오메, 왜 안 돼? 고목나무에 꽃이 괜히 핀다고 허간디. 우리는 젊어서부텀 아주 그 짓을 좋아했어."

그 얘기를 나한테 전할 때만 해도 지선이는 재밌어 죽겠다고 했다.

문방구의 잰틀맨이 밤의 황제라는 게 어쩐지 느끼하면서도 어울린다고.

이제 생각해보니 멋진 미소 뒤에는 음흉함이 도사리고 있었고, 신문을 보는 척하며 섹스의 테크닉을 연구했을 거라는 지선이의 개인적인 의견에 우리도 맞장구를 치며 깔깔댔었다.

지선이는 또, 그 아저씨가 섹스는 어떻게 할지 상상하면 하나도 외설스럽지 않고 코믹해서 좋다고도 했던 거 같다.

그리고 얼마 후, 다시 만난 지선이에게 들은 그 아저씨 얘기는 또 이렇다.

하루는 좀 좋아진 아저씨가 혼자 산책을 나갔다.

가족들이야 불안했겠지만 바쁜 세상에 늘 따라다닐 수도 없고,

몸도 그만해지셨으니 집안에만 계신 거보다야 운동 삼아서라도 천천히 걸으며 바깥공기 쐬는 게 낫겠다 싶어 가족들이 권했다.

반신불수의 몸을 지팡이에 의지하고, 천천히 한발 한발 움직이며 그렇게 혼자서 산책을 다니셨다.

그러다 아는 사람을 만나면 반가이 아저씨 손을 잡아주고, 아저씨도 잘 알아들을 수도 없는 말로 뭐라고 인사를 하며 사람구경 바깥구경을 하니 집안에 있는 것보다야 얼마나 좋았겠는가.

그날도 개천 쪽으로 한 바퀴 돌고, 천천히 천천히 내리막길을 한발 한발 떼며 어렵게 내려오고 있는데 남학생 셋이 지나가다가 뭐라고 말을 주고받더니 아저씨한테 다가와 집이 어디냐며 '도와드릴까요' 하고 물었다.

잰틀맨 아저씨는 고개를 끄덕였다.

순수하고 힘이 센 고등학생 셋은 한 명이 아저씨를 업고, 한 명은 아저씨의 엉덩이를 받치고, 나머지 한 명은 다른 친구들의 책가방을 받아들었다.

"할아버지 집이 어디세요?"

"어… 그… 어….."

등에 업힌 아저씨는 불분명한 발음과 턱짓 손짓으로 방향을 가리켰고 학생들은 그곳을 향해 걸었다.

그런데 등에 업힌 아저씨가 갑자기 엉덩이를 들썩들썩하며 소

인간은 영원히 살 것처럼 생각하며 산다.
그리고 어느 날 죽음이 문앞에 와있을 때
그때서야 죽음에 대해서 심각하게 생각을 해본다.
그러나 그때는
이미 많은 것이 늦은 때임을 알게 된다.

리를 지르는 것이 아닌가.

"달… 여, 막… 달여… 달여…."

달리라는 소리였다. 불분명한 발음이지만 그 소리는 알아들은 순진하고 착한 학생들은 아저씨에게 뭐 급한 일이 있는 줄 알고 아저씨가 가리키는 쪽으로 아저씨를 업고, 엉덩이를 받치고, 친구들의 가방까지 짊어지고 막 달렸다.

아저씨는 더 큰소리로 달리라고 외쳤고, 학생들은 영문도 모르고 셋이 땀을 뻘뻘 흘리며 아저씨가 가리키는 대로 돌고 달리고, 꺾어지고 달리고, 내리막도 달리고, 오르막도 달리고 아저씨의 지팡이 끝만 보고 열심히 달렸다.

한참을 달리고 난 후에도 아저씨의 집은 나오지도 않고, 아저씨는 등에 업혀 계속 달리라고 소리는 지르지, 힘들어서 죽을 지경인 세 학생은 서로 누가 먼저 도와주자고 했느냐를 가지고 입씨름을 했지만 그 상황에서 그 누구도 그만두고 그냥 가자는 학생은 없었다.

목이 타고, 교복이 다 젖어 숨을 헐떡이며 멈춰 서면 아저씨는 여지없이 '달려' 소리를 외쳤고 학생들은 자신의 몸을 질질 끌다시피 아저씨를 업고 달렸다.

그렇게 아저씨를 업고 세 학생이 영문 모르고 달리고 있을 때 아저씨네 집에서는 늦도록 아저씨가 안 돌아오자 길을 잃은 줄 알고 발칵 뒤집혔는데 자전거를 타고 퇴근하던 동네아저씨가 좀 전에 저쪽 터미널 쪽에서 웬 학생들이 아저씨를 업고 뛰어가는 거 같더라는 얘기를 했다.

식구들은 아저씨를 납치해간 거라고 확신하고 경찰에 신고하고 동네 집집마다 있는 자전거를 다 동원해서 터미널 쪽으로 몰려갔다.

그리고 터미널을 기점으로 찾기 시작했다.

그곳에 근무하는 사람들에게 묻기도 하고, 떠난 차에 혹시 탄 건 아닌지…, 자전거 부대는 혹시나 하는 마음에 터미널 주변을 골목골목 누비며 뒤졌다.

아저씨는 날이 어둑어둑해질 무렵 구미동 쪽에서 찾았다.

지칠대로 지친 학생 셋이 아저씨를 내려놓지도 못하고 업고 걸으면서 울고 있는 것을 자전거를 타고 갔던 아저씨의 작은아들이 발견한 것이다.

학생들은 작은아들을 만나 아저씨의 아들이라는 소리를 듣더니 반가움인지 서러움인지 콧물까지 흘려가면서 울었다.

그 학생들과는 달리 아저씨는 작은아들을 보고 씨익— 해맑게 웃으며 한마디 했다.

"재밌다."

몸도 맘대로 못 쓰고, 느릿느릿 마지못해 사는 것이 지겨웠던 것일까?

스피드를 즐기고 싶어도 자전거 하나 맘대로 탈 수 없는 신세를 아저씨는 비통해하며 생활했던 것일까?

생각지도 않게 건장한 남학생 등에 업히자 가슴속 깊이 자리잡고 있던 욕망을 분출하는 출구로 그 학생들을 이용해야겠다는 생각이 그 아저씨 뇌리를 스쳐 지나갔다는 말은 지선이의 표현이다.

우리가 알고 있던 잰틀맨이 밤의 황제인 거에도 지선이는 호기심이 발동했지만 그 '달려' 사건 이후로는 인간의 욕망과 이기심에 대해서 연구해보고 싶다며 의욕을 불태웠다.

우리 친구들은 박수치며 환영했다.

지선이의 얘기는 늘 실감나고 재밌었으니까.

지선이가 사례자로 잰틀맨을 선택한 이유는 심심하지 않고, 맘껏 상상할 수 있는 폭이 넓은 코믹한 캐릭터여서 그렇다고 했다.

그 얘기를 듣고 몇 년이 흘렀다.

서로 바빠 지선이와 내가 못 만난 세월이 그 몇 년이다.

"나, 그 연구논문 포기한 지 오래다."

"왜? 이제 재미없어졌어?"

"그 아저씨 죽었어. 아줌마랑 같이."

"어머, 왜? 언제?"

“그 집 며느리 있잖어. 그 효부라던. 그 며느리가 진짜 효부였는갑드라. 그 아저씨 몇 년 전에 또 한번 쓰러지서서 심각했거든. 그래서 거의 누워서 지내시고, 며느리가 똥오줌 다 받어냈다대.”

“세상에… 대단하다.”

“대단허지, 그리고 씻기고 옷 갈아입히고 먹이고… 그 아줌마는 동네방네 돌아다니면서 저 인간 얼른 죽어야 된다고 떠벌이고 나다녔지 아저씨 근처에도 안 갔다드만. 근디도 그 며느리가 얼굴 한 번 찡그리는 법 없이 누워있는 시아버지 공경을 그렇게 잘 했단다. 해먹이는 것도 야물딱스럽게 잘 해먹였고.”

“복 받겠다.”

“글쎄, 복을 받으려나 벌을 받으려나… 아이고 참… 넘 얘기지만 옮기기도 껄쩍지근허다. 그런디 어느 날부터 며느리가 혼자 울다가 식구들한테 들키기도 허고 도통 웃지를 않더래여.”

“지쳤나?”

“그러더니 며느리가 어느 날 농약을 마서버린 거여. 다행히 일찍 발견히서 종합병원으로 옮겨서 위세척허고 살어났는디… 기가 막혀. 며느리가 어쩌다 농약병을 지 목구멍에 들이부은 줄 아냐?”

지선이는 마치 자기 일을 얘기하는 것처럼 심각하다.

그리고 표정이 금방이라도 울 거 같은 딱한 표정이다.

예전의 잰틀맨의 욕망을 연구하겠다던 그 팔팔하던 지선이가 아니다.

그런 지선이의 모습에 갑자기 목이 메려는데 지선이의 입에서 나오는 말들이 나의 숨을 턱 막히게 했다.

"그 아저씨가 몸을 못 써 그렇게 누워있어도 잘 먹인게 건강상 태는 좋았는갑더라. 또 누워서 특별히 생각할 것도 없고… 아니 믄 젊어서부터 좋아허던 것이라 그랬는가, 어쨌든 아 이 아저씨 가 며느리가 목욕시키고 옷 갈아입히려고 하면 자지를 불끈 세우 고 어줍잖은 한 손으로 그걸 흔들면서 며느리를 보며 어버버어버 버… 해댔나벼."

난 갑자기 그 모습이 내 머릿속에 그려지면서 징그럽고 소름 끼쳐서 잠깐 몸을 떨었다.

시아버지와 며느리라는 관계가 더 나를 소름끼치게 했다.

그런 나와는 달리 지선이는 눈물을 주르륵 흘리며 조용조용 얘 기를 이어갔다.

"그려, 설마가 사람 잡은 거여. 며느리가 그걸 어디 가서 얘기 허겠냐, 그렇다고 하던 일 안 할 수가 있었겠냐. 하자니 시아버지 의 그러는 것은 징그럽고 정떨어지고. 그러니 혼자 울다가 결국 은 남편한테 말을 했는갑더라. 근디 누가 그걸 믿겠냐고. 남편도 자기 마누라가 아버지 병수발허기 싫으니까 생트집 잡는다고 생 각했겠지. 그도 그럴 것이 또 그 아저씨, 다른 사람들 있을 때는'

너무너무 점잖았단다. 그러니 며느리만 죽을 노릇이지. 낮에는 집안에 시아버지허고 둘이만 있어야 허는디. 근게 참다못한 며느리가 농약을 마셔버린 것이여. 그러고 난 다음에야 식구들이 며느리 속을 좀 알게 되었지. 그리고 며칠 있다가 아줌마가 아저씨한테 약 멕이고 아줌마도 먹고… 그랬어.”

무엇이든 시작보다 마무리가 중요하리라.

인생 역시 마찬가지이고.

인생의 시작은 본인의 의지와 별 상관없이 시작되리라.

하지만 마무리는 본인의 의지가 거의 대부분 아닐까?

그렇다면 과연 인생이란 어떻게 마무리를 짓고, 정리를 해야 모든 사람들의 박수를 받으며 떠날 수 있는 것일까?

사람은 누구나 태어나면서부터 사형선고를 받고 태어난다고 한다.

이 세상에 오는 순서는 있어도 저 세상으로 가는 순서는 없다고 한다.

하지만 인간은 영원히 살 것처럼 생각하며 산다.

그리고 어느 날 죽음이 문앞에 와있을 때 그때서야 죽음에 대해서 심각하게 생각을 해본다.

그러나 그때는 이미 많은 것이 늦은 때임을 알게 된다.

나처럼.

나는 지금 정리보다는 받아들이는 것부터 해야 되리라.

아니, 너무 무서워서 생각하고 싶지 않은지도 모르겠다.

며칠만, 며칠만 더 그냥 아무것도 모르는 것처럼 살다가 그 후에 생각해 보리라.

난 지금 어쩌면 농약을 마셨다는 그 부부를 부러워하고 있는 건 아닌지 모르겠다.

왜냐하면… 죽고 나면 그 누구에게도 아무 말을 안 해도 되니까.

"그러고난게 그 효부라고 칭송이 자자허든 그 며느리를 사람들이 다 욕허는 거여. 시어미 시아베 잡아먹었다고. 시아베가 그랬다고 하더라도 몸도 못 쓰는 양반이 덥치기를 허겠냐고, 갖다대기를 허겠냐고. 죽도록 공경히서 효부 소리 듣다가 나중에는 천하에 죽일 년 돼버렸어야. 그거 본게 그런 생각들데. 처음부터 그 며느리가 반신불수 시아버지 못 모신다고 했으믄 못된 년 소리는 좀 들었더래도 천하의 죽일 년 되든 안했겄지. 그 며느리도 살면서 얼마나 괴롭겄어. 아이고…, 어떻게 사는 것이 잘 살고 바르게 사는 건지 헷갈려."

가슴이 답답하다.

어떻게 사는 게 잘사는 거냐고?

우리가 배운 도덕교과서대로 사는 것. 그것이 잘 사는 것이 아닐까?

아니면 성경에 나오는 대로 살아보면 잘 사는 방법을 알게 될까?

난 아직도 어떻게 살아야 잘 사는 것인지 모르는데….

다 없었던 걸로 하고 다시 태어나면 잘 살 수 있을까?

시간에 쫓기지 않고, 시간을 누리며 사는 거.

누구에게나 사랑받고 누구나 사랑하며 여유있고 아름답게 사는 거.

아니, 다시 태어난다면 다른 건 몰라도 최소한 하루에 한 번은 하늘을 바라보며 살아야지.

꽃을 보면 시들 걱정보다는 아름다움을 더 즐겨야지.

다음 생에는 꼭 그래야지.

우리는 목적지도 없이 무의식적으로 잰틀맨 아저씨 얘기를 하며 걸었는데 어느새 우리가 다니던 여고 앞에 와 있었다.

“너 여기 오려고 맘먹었던 거야?”

“아니, 얘기험서 걸어오다 본게 학교네.”

“우리 졸업한 지가 15년쯤 됐지?”

“서글프다, 햇수는 왜 세냐? 왔응게 들어가 보자.”

우리 학교다닐 때는 학교주변이 다 논이고 밭이었다.

시내에서 뚝 떨어진 외곽에 자리잡았던 학교였는데 지금은 아파트로 둘러싸여 학교 위치를 모르는 사람은 찾기 힘들게 파묻혔다.

100미터 정도 되는 정문 입구.

그때 우리가 이 길을 '폭파시켜 버리고 싶은 100미터'라고 불렀었다.

버스에서 내려 지각하지 않으려고 뛰는데 저 앞에서 교문은 닫히고 있고, 마음은 교문 안에 들어가 있으나 둔한 다리는 교문이 닫히는 걸 뻔히 보면서도 속력을 못 내는 이 폭파시켜 버리고 싶은 100미터를 열심히 뛰고 있었던 것이다.

그 안타까움. 그때 나는 발이 만화에서처럼 휘리링 회오리 같은 것을 몰고 0.1초 만에 교문 안으로 휘익— 들어가는 상상을 얼마나 많이 했던가.

1분만 더 서둘러 나오면 될걸 어찌 그리 그게 힘들었던지.

덕분에 추억을 하나 남겨 이런 때 떠올릴 수 있으니 감사해야 되나.

15년이 지나 찾은 학교는 주변만 달라진 게 아니었다.

운동장도 없어졌다.

매월 15일마다 민방위 훈련을 한다고 운동장 구석에 전체 학생이 쪼그리고 앉아있고, 체육대회를 하고 축제를 하던 운동장이 없다.

대신 공원이 잘 조성되어 있다. 정읍을 상징하는 단풍나무를 심고 한쪽에는 정자도 만들어놨다.

여학교가 너무 삭막한 거 같아서 운동장을 없애고 공원을 만들었고 체육대회나 다른 행사는 강당에서 한다고 지선이가 말했다.

그러고 보니 못 보던 강당이 우뚝 서 있다.

그 외에도 과학실, 기숙사, 도서실…, 내가 학교 다닐 때는 없었던 것들이 많이 지어져 있다.

"요즘은 공립도 시설이 좋아야 되거든. 신경 많이 쓰더라."

"우리 학교는 역사와 전통이 있는데 뭐…."

"요즘 부모나 애들이 뭐 역사와 전통 따지는지 아냐? 우리 때나 이름 날렸지. 요즘은 사립이 하도 난리를 치니까… 사립학교들이 우수학생 뽑아갈라고, 장학금 많이 준다 학교시설 좋다 별별 소리 다 허면서 입시 때 되믄 중학교 찾아다니면서 우수학생 유치헐라고 난리란다."

"앞으로의 인생이 걸린 선택인데 사탕발림에 넘어가면 안 되지."

"그 부모나 학생들은 사탕발림이라고 생각 안 혀…."

"지금 당장 빛깔이 좀 좋다고 넘어가면 안 되는데…. 10년 자란 나무와 60년 자란 나무는 그늘이 틀리잖아. 그런 생각 들더라. 인생은 꼭 일류대 나온다고 행복이 보장되는 거 아니야. 자랄 때 어떤 재목으로 크느냐가 중요한 거 같아. 어떤 스승에게 어떤 것을 어떻게 배우느냐, 어떤 친구를 사귀느냐, 어떤 분위기에서 생활하느냐, 그런 거… 뿌리와 기둥을 잘 키워야 좋은 열매를 맺지, 당장 꽃만 예쁘게 잘 피우고 열매를 못 맺는 교육이 되면 안 되지.”

“모르겠다, 지들 인생인게 지들이 알아서 결정허겠지.”

“안타까워, 나 다시 고등학생이 된다면 진짜 멋진 인생을 살 수 있게 잘 선택하고 설계할 수 있을 거 같아. 그때처럼 일류대 가는 것이 목적이 아닌 정말 멋진 인생을 살 수 있는 그런…. 우리 살아보니까 뭐가 진짜 중요한 건지 알겠잖아. 그때 그런 걸 얘기해 주는 사람이 내 주위에는 아무도 없었다는 게 지금도 참 아쉬워.”

“너 같은 애도 그런 생각을 하냐? 다들 너는 성공했다고 부러워허는디. 나 봐라, 그때 내가 이 나이에 정육점 아줌마 돼서 칼 들고 설칠 거라고 누가 상상했겠냐.”

썰렁한 교정의 정자에 앉아 우리는 잠시 말이 없었다.

아마 지선이도 나처럼 여고 때를 생각하고 있을 것이다.

꿈 많던 시절, 뭐든 맘만 먹으면 다 되는 건 줄 알았던 그때.

만약 다시 그때로 돌아간다면… 그러면 난 지금까지와는 반대의 선택만 해야지.

적당히 모자라고, 적당히 날라리고, 적당히 포기하면서.

그때로 돌아간다면 난 제일 먼저 대학을 포기할 거야.

그리고 서울로 가는 것도 포기하고 엄마랑 여기서 살면서 엄마를 기쁘게 해주는 좋은 딸이 될 거야.

그때는 몰랐지만 이제는 알았으니까.

세상에서 엄마가 얼마나 좋은 사람이라는 것을.

그러나 절대 돌아갈 수 없는 것이 과거.

그때 나는 진짜 소중한 것은 모른 채 모두가 쫓고 있는 행복의 조건만을 덩달아 쫓았던 거 같다.

한 번뿐인 인생을 나는 최고의 선택만 하려고 했기 때문에 지금의 고달픈 인생으로 올 수밖에 없었으리라.

홈이 파인 대로 물이 흐르듯이.

뭐든 최고가 좋은 줄 알았다. 그래서 기를 쓰고 최고만을 선택했다.

그것이 행복이고, 성공인 줄 알았다.

일류대 입학, 대기업 입사, 최고의 남편감, 최연소 부장 승진.

다들 나를 성공한 인생으로 부러워하겠지.

난 이렇게 외롭고, 잘근잘근 무너져 가는데.

사람마다 행복의 가치는 다르겠지만 최소한 내가 생각하는 행복의 가치는 최고 지향주의가 낳는 것이 아니었다.

"넌 그때 왜 대학에 안 갔지?"

"공부를 못했으니까 안 갔지."

"너 그 정도는 아니었잖아?"

"적당히 간판만 따려고 갔으면 갈 수도 있었겠지. 근디 나는 공부가 허기 싫더라고. 얼른 돈 벌어서 멋내고 싶어서."

“후회 안 해?”

“다시 그때로 돌아간다믄 나는 젤로 먼저 대학부터 가고 싶어야.”

“후회 많이 했구나.”

“응, 인생이 고달플 때마다 내가 대학 나왔으믄 이러고 살까 싶더라.”

“나는 그때로 돌아간다면 제일 먼저 포기하고 싶은 게 대학인데.”

“진짜? 왜?”

“사람은 누구나 가보지 않은 길을 더 선망하잖아.”

“돌이킬 수 없는 일이여, 우리 나이가 지금… 푸히히히….”

“왜?”

“야, 우리 그때 열여덟, 열아홉 때 말이여. 그때는 나이 마흔 먹은 여자들은 왜 사나 했잖냐?”

“맞어, 스무 살 되는 거 징그럽다고 하면서 나이 마흔 되면 무슨 재미로 살까 했었지.”

“어떤 년은 나이 마흔 되기 전에 죽어버릴 거라고도 하지 않았냐?”

“글쎄… 하여튼 그때 우린, 나이 마흔은 많이 늙고, 인생 다 산 나이라고 생각했었으니까.”

“근데 미란아, 우리 곧 마흔 된다. 사람들이 서른다섯 지나면 마흔 되는 건 눈 깜짝 할 사이라더라.”

“난 지금도 여고 때 그 마음 그대론데 언제 그렇게 세월이 흘렀니?”

“그러게, 그래서 할머니들이 몸은 늙었어도 마음은 청춘 어쩌고 그러는가벼. 아이고 인생 60부터고, 여자 나이 마흔은 활짝 핀 꽃이라더라. 알 거 다 알고, 사는 맛도 아는 인생의 꽃. 인생 뭐 별 거 있어? 스무 살 때는 스무 살대로 마흔 살 때는 마흔 살대로 하고 싶은 거 하면서 사는 거지. 야 너, 자두맛 사탕 생각나?”

“그럼.”

“우리 야간자습할 때 돈 10원씩 모아서 100원 짜리 자두맛 사탕 한 봉지 사다가 나눠 먹는 재미가 진짜 기막혔잖냐.”

“그땐 정말 향긋하고 맛있었어. 요즘은 사탕 하나 먹을래도 너무 달아서 못 먹겠더라.”

“그때는 우리가 막 클 때라서 뭐든 맛있고, 뭐든 재밌고 그랬나 봐. 나이가 드니까 웃을 일이 별로 없더라.”

“너도 그래? 난 너는 늘 웃으며 행복하게 사는 줄 알았는데.”

“그냥 속 창자 다 빼서 내장 저수지물에 휘익휘익— 헹궈서 넣고 다니니까 그렇게 보이지, 말 마라. 내 속 썩는 건 아무도 모른다. 너 나한테 섭섭하지? 지난번 그 부탁 안 들어줘서 맘 상했지?”

“잊기로 했어.”

“지금도 나한테 섭섭한 마음 남았지? 그리서 엄마한테 얘기 듣고도 내가 전화허기 전에는 안 나온 것이지?”

"그런 거 아냐."

"미란아, 내 마음속에 친구라고는 너밖에 없어야. 니가 작년에 나한테 전화해서 급히 1,000만 원만 빌려달라고 했을 때, 나 그때 돈 있었다. 근데 솔직히 떼일까 봐 걱정되더라고. 근디 그러고 난 후에 내가 지금까지 이렇게 맘이 안 편하고 너를 보면 죄인 같다."

"니가 순박해서 그래. 나, 남편사업 부도나고 그 뒤치다꺼리하면서 세상 많이 배웠다. 자동적으로 수첩 정리되더라. 내가 돈 빌려달라고 할까 봐 알아서들 연락 끊더라. 나 요즘은 어떻게 좋은 편 나쁜 편 가르는지 아니? 나한테 돈 빌려준 사람은 좋은 편, 안 빌려 준 사람은 나쁜 편. 액수가 많건 작건 돈은 그 사람에게 가장 소중한, 어쩌면 목숨 같은 돈이거든. 그걸 어렵다고 하는 사람에게 선뜻 내놓을 때는 돈보다도 그 사람을 그만큼 믿고 소중하게 생각하기 때문에 내놓는 거라고 난 생각하게 됐어. 종종, 잘 지내던 사람이 내가 돈 얘기를 한번 하고 나면 나를 피하고 전화를 안 받기도 하더라. 혹시나 해서 다른 전화기로 전화해 보면 받아. 요즘은 발신자 번호가 뜨니까 피하려고만 하면 얼마든지 피할 수 있잖어. 하지만 그 사람은 귀찮은 껌딱지 떼버린다고, 인연 끊고 산다고 생각할지 몰라도 당하는 사람의 그 상처는 정말 말도 못해."

"나도 그 일 이후 진짜 많이 생각했다. 내가 그때 너한테 그랬지.

나는 친한 사람이랑 돈거래 안 한다고, 돈 잃고 사람 잃는다고."

"응."

"우리 아버지가 나 어려서부터 그런 말씀 귀에 못이 박히게 하셨었거든. 근디 내가 곰곰이 생각해보니 그럼 돈을 안 친한 사람하고 거래허겠냐, 모르는 사람하고 돈거래를 하겠냐. 그리고, 혹시 실수를 한다 하더라도 돈이 실수하는 거지 사람이 실수하는 건 아니잖어. 서로 좋을 때만 친하고 호호하하 하고, 어려운 일 닥치면 나 몰라라 하는 게 친한 사람들은 아니잖어."

"너, 나한테 거절하고 많이 힘들었나 보구나. 그런 줄 몰랐다."

"친한 사람이랑 돈거래 안 하면 돈은 남지만 사람은 잃겠지. 친한 사람이랑 돈거래를 하면 돈은 잃을지 몰라도 사람은 남겠더라."

"야, 너 이번엔 그걸로 연구논문 쓸 거냐? 생각 많이 했네."

"농담 아녀, 나 너 잃고 싶지 않어야. 나 지금이라도 니 부탁 들어주고 싶은디… 아직 안 늦었냐?"

"아니, 이제 돈 필요 없어."

"너 아직도 화났냐?"

"그런 거 아냐, 진짜 그런 거 아니야. 지선아, 고마워. 넌 정말 나한테 좋은 친구야."

"고맙다, 나한테도 니가 진짜 좋은 친구다. 우리 죽을 때까지 이 우정 지키자."

"나, 다른 부탁 하나만 해도 돼?"

"뭔디?"

"우리 엄마, 혼자 계시잖아. 가끔 니가 좀 찾아봐줘. 여름엔 참외 좋아하시니까 참외도 좀 사다 드리고, 반찬은 어떻게 해드시는지… 니가 좀 종종 들여다 봐 줘."

"아이구, 미안허다. 내가 헌다고허긴 허는디 나도 사는 거 바쁘다본게…. 염려 말어, 내가 자주 찾어봄서 잘허께. 서울 딸은 너고, 정읍 딸은 내가 허께. 염려 말어라."

"나 너만 믿을게."

"그려, 나만 믿어. 너그 엄마가 내 엄마지 뭐."

너희 엄마가 내 엄마라고?

아니야. 내 엄마는 오로지 내 엄마야.

니가 우리 엄마 딸이 아니고, 우리 엄마 딸은 오직 나 하나이듯이.

너희 엄마가 내 엄마라고?
아니야. 내 엄마는 오로지 내 엄마야.
니가 우리 엄마 딸이 아니고,
우리 엄마 딸은 오직 나 하나이듯이.

12

"엄마—, 나 왔어요."

"오메, 지선이 만났는디 벌써 오냐? 밥은?"

"아직…."

"이 시간 되도록 점심도 안 먹고 뭣 했어?"

"엄마는 뭐 했어요?"

"소 족 사온 놈 고고 있다. 저 작것이 여차허믄 타버린게 옆에서 지킴서 불 조절을 히야 헌당게."

"엄마, 이리 좀 와봐. 이거 입어봐. 오다가 엄마 줄려고 샀어."

"아따 이쁘다. 내가 좋아허는 꽃무늬네. 나는 늙었어도 얼룩덜룩허니 흰헌 것이 좋제. 시푸리딩딩허고, 뭐 점잖고 이런 것은 싫데."

"맘에 들어? 봄에 입어요."

"봄에 예식장이나 어디 갈라믄 입을 것이 마땅치 않드만 좋네. 근디 이거 비싸쟈?"

“별로 안 비싸. 야, 우리 엄마 이쁘다.”

“품도 딱 맞고, 어찌 이렇게 내 맘에 드는 놈을 샀다냐? 이놈 입고 곗방 가믄 각시들 난리 나겄네. 딸이 이쁜 놈 사줬다고.”

“엄마, 이쁘다. 우리 엄마 정말 이뻐.”

“비쌀 거 같어야. 얼마 줬냐? 어디서 샀어?”

“그런 거 묻지마. 그냥 이쁘게 입어. 그리고 내 기억에 이쁘게 남아줘.”

“참말로 내가 엊저녁에 뭔 꿈을 꿨는가 모르겄다.”

“왜 벗어?”

“벗어놨다가 곗날 입고 갈라고.”

“그냥 오늘은 입고 있어. 내가 처음 사준 옷이잖어. 맨날 돈으로만 줬지, 이런 거 안 사줬었잖아.”

“돈이 좋은지 알았드만, 또 이렇게 이쁜 옷 받은게 이것도 좋네. 나중에 사람들한티 자랑도 헐거 있고.”

“엄마, 우리 사진 찍으러 갈까?”

“뭔 사진?”

“사진관에 가서 엄마랑 나랑 둘이 사진 찍자.”

“뭣 허게?”

“뭐 하긴… 이쁘게 찍어서 한 장은 안방 경대 위에 놓고 엄마가 나 보고 싶을 때 보고, 한 장은 내가… 내가 어디 갈 때 가져가서

"그랬구나, 내가 몰랐구나.
그동안 쓸데없는 걸 너무 아꼈네.
돈도 안 드는 거 내가 많이 해줄게. 그동안 못한 거까지 다.
엄마, 사랑해 너무너무 사랑해.
그리고 나를 낳아줘서 고마워.
사랑해, 사랑해, 사랑해, 사랑해…"

엄마 보고 싶을 때 보게."

"또 해외출장 가냐?"

"엄마 가자, 가서 사진 찍자."

세상에 살다 본게 이런 일도 다 있네.

딸이 이쁜 옷 사 입혀서 단둘이 사진을 다 찍고.

옷 선물헐 때 그 사람 마음에 쏙 드는 옷을 골라 선물을 허는 것은 그만큼 그 사람 마음을 잘 아는 것이라는데 세상에 우리 딸이 내 맘에 쏙 드는 놈을 사 왔네.

저것이 말은 불퉁불퉁허게 해도 내 맘을 잘 아는가벼.

"아가, 입술색깔 좀 빨간 놈으로 발러라. 흐리멍텅헌 색을 발라 놓은게 어째 사람이 생기가 없어보이는고만."

"그래? 나 붉은색 립스틱 없는데."

"아자씨, 여그 입술연지 조께 없소?"

우리 딸, 빨간 입술연지를 발라 놓으니 훨씬 이쁘네.

사람은 밝은 것을 좋아해야 허는 것이다.

둘이 의자에 앉아 다정히 양손을 맞잡고 사진을 찍을라고 하는디 갑자기 미란이가 고개를 숙이고 운다.

왜 그러냐고 물으니 엄마랑 이렇게 사진을 찍으려니 감격스러워서 그런단다.

세상에야, 사실은 나도 그런 것을 우리 딸도 나랑 맘이 똑같은가 보다.

그렇지, 없는 살림이라 딸이라고 돌사진 한 장 안 찍어줬던 우리딸.

벌써 같이 늙어가는 꼴이 되었다.

나한테야 늘 애기지만 남들한테는 늙어가는 아줌마 아닌가.

우리가 그 많은 세월을 엄마와 딸로 살면서 어디 제대로 둘이 사진 한 번 찍은 적이 있던가.

이렇게 다 늙었지만 딸이랑 손잡고 사진을 찍으려니 감격스럽기만 하네.

아마 딸이 안 울었으면 내가 먼저 울었을랑가 모르겠네.

그렇지만 이 좋은 날 울면 안 되지.

사진은 평생 남을 것이니 울지 말고 웃으며 찍어야 볼 때마다 웃음이 나는 것이지, 암만.

우리는 활짝 웃으며 다정히 사진을 찍었다.

사진은 3일 후에 찾으러 오란다.

손바닥만한 사진 세 장 나온다는데 뭐 돈을 5만 원이나 받는지 모르겠네.

또 비싸다고 뭐라고 하면 딸년이 지랄헐까 봐 내가 오늘은 그냥 가지만 사진 찾으로 와서는 깎고 말 것이여.

아따 한 이만 원만 주고, 나머지 삼만 원은 나중에 찾으러 올 때 주믄 쓰겄고만 우리 딸은 또 오만 원 다 줘버리네. 그러면 찾으러 왔을 때 깎기가 힘든디.

"아저씨, 사진에다 글씨 써줄 수 있으세요?"

"써줄 수야 있지만 지저분해요. 6, 70년대에나 하던 건데요."

"지저분해도 괜찮으니까 수고스러우시더래도 좀 써주세요."

"그럽시다. 뭐라고 써드릴까요?"

"엄마, 사랑해."

뭣을 먹을라고 택시까지 대절해서 내장산까지 간다냐.

사진관에서 나와서 바로 택시 잡어 태우는 바람에 안 간다고도 못 허고….

우리 딸이 진짜로 철이 드는갑네.

'엄마 사랑해' 아따 그 사진 나오믄 내가 들고 다니면서 동네방 네 구경시켜야지.

젊은 사람들만 사랑해 사랑해 허믄 좋아허는 것인지 알았드만, 아따 딸한테 들은게 세상을 다 얻은 거 같네.

이 무뚝뚝헌 것이 대체 뭔 맘이 먹힌거여.

"아가 아가, 눈 떠 봐. 너 안 자는 거 다 알어야."

"왜?"

“그 소리 한 번 더 히봐라.”

“무슨 소리?”

“엄마 사랑해.”

“사진 나오면 실컷 봐.”

“니 목소리로 듣고 싶은게 그러지.”

“엄마는… 내가 그런 거 하는 사람이야? 쑥스럽게 왜 그래?”

“으이그, 곰 같은 년. 넘의 집 딸들은 살살살살 애교가 철철 넘
친다드만 너는 말 한마디가 북풍한설이여.”

“그 소리 듣기 좋았어?”

“뭔 소리?”

“아까 그… 사진관에서….”

“히주도 안 헐람서 왜 물어?”

“엄마가 좋아하면 해줄려고, 나 엄마한테 잘하기로 했다고 했
잖어.”

“그려. 히주라. 아까 그 소리 들은게 눈물이 핑— 돌면서 기분
좋더라야. 나는 니가 옷 사주고, 맛있는 거 사주는 거보다 그 소
리가 더 좋겄다.”

“그랬구나, 내가 몰랐구나. 그동안 쓸데없는 걸 너무 아꼈네.
돈도 안 드는 거 내가 많이 해줄게. 그동안 못한 거까지 다. 엄마,
사랑해. 너무너무 사랑해. 그리고 나를 낳아줘서 고마워. 사랑해,

사랑해, 사랑해, 사랑해….”

“암만, 나도 너 사랑헌다. 그리고 내 딸로 태어나줘서 고맙다.”

“진작에, 못 해서 미안해. 엄마가 이렇게 좋아하는데 돈 주는
게 효돈 줄 알았어.”

“아니여, 에미는 자식을 늘 눈앞에 두고 보는 것이 제일 큰 행복
이고 그게 제일 큰 효도여. 돈 그까짓 것으로 자식 살 수 있간디.”

내장산에 이런 음식점이 다 있었는갑네.

하기사 안 와본게 모르지.

딸이 나를 데리고 들어간 식당은 산채정식을 하는 집이라고 했다.

지선이한테 물어보니 이곳이 기막히다고 가보라고 했단다.

산채정식 1인분에 만육천 원. 둘이 먹으면… 삼만 원이 넘네.

집에서 먹으믄 돈 아끼고 좋을 것인디….

“오메, 뭐여? 맨 풀떼기네.”

“산채정식이잖어.”

“풀만 무쳐놓고 둘이 삼만 이천 원을 받는단 말이여?”

“싼 거지. 서울에서는 일인당 10만 원짜리도 이보다 안 좋아.”

“미쳤는갑네. 둘이 앉어서 20만 원어치 밥을 먹는단 말여?”

“엄마 제발 좀….”

“아이고, 환장 허겄고만.”

"반찬 가짓수를 봐. 내가 세어보니까 서른일곱 가지나 되네."

"가짓수만 많으믄 뭣 혀? 다 풀인디. 지천에 널린 것이 풀이다. 풀 뜯어다가 무쳐놓고…."

"엄마 좋아하는 불고기랑 조기구이도 여기 있네. 우거지탕이랑 조개젓도 있고, 맨 풀 아니네. 고기도 있잖어."

"아이고 모르겄다. 살믄 얼마나 살겄냐. 맛있는 거 사주믄 먹고, 아등바등 안 살란다."

"그래 엄마, 제발 그러지 마. 오빠나 동생들이 맛있는 거 먹으러 가자고 하면 따라가고, 길 가다가 먹고 싶은 거 있으면 사달라고도 하고. 엄마 그렇게 살어, 이제. 응?"

"알었어. 야야, 먹어봐라. 비싸서 그렇지 맛은 있다. 간도 딱 맞고, 양념을 잘했네. 먹어 어서."

"난 소화가 잘… 사실은 지선이하고 먹었어."

"근디 여그는 뭣 허로 왔어?"

"엄마 사드리려고 왔지."

"아따 참말로, 그믄 한 사람분만 시키든가. 싸갈 수도 없고 아까워서 큰일 났네."

"엄마가 많이 드시면 되지. 나도 조금은 거들게요."

배가 터지겠네.

맛있어서 먹고, 아까워서 먹고.

오늘 잘 먹었다.

근디 진짜로 우리 새끼는 밥을 먹고 먹었다고 허는 것이까?

아까는 안 먹었다고 헌거 같은디.

어째 얼굴색이 영 안 좋아.

기운도 없고, 먹는 것도 시원찮허고 애 들어서는 거 아녀.

아따 그러기만 험사 나는 더 바랄 것이 없는디.

아이고 천주님, 우리딸 새끼 하나만 낳게 히주쇼.

"아가, 너 먼저 집에 들어가라."

"엄마는?"

"나 보광상회 가서 팥 좀 사다가 내일 낮에 팥칼국수 쒸주께."

"됐어, 힘들게 뭐 그런 걸 해."

"너 좋아허잖여. 영 입맛이 없는 거 같은디. 그거라도 좀 히주
까 허고."

"귀찮잖어."

"자식 멕일 거 허는디 뭐가 귀찮어?"

"어서 들어가. 나 후딱 갔다 오께."

"엄마, 같이 가주고 싶은데 나 너무 피곤해서 못 가겠다."

"염려 말고 가서 보일라 쎄게 키고 좀 누워있어."

"다녀와요."

"오야."

오늘은 딸이 이쁜 옷도 사주고, 두 손 꼭 잡고 사진도 찍고, 또 사랑해 소리도 듣고 구름 위를 걷는 거 같네.

에미한테 새끼는 왜 이렇게 좋은 것인지.

하루종일 호강허고, 새끼 먹일라고 장에 가는 길이 이렇게 행복한 것을 누가 알 것인가.

"엄마, 근데 엄마가 기다리는 사람이 누구야?"
"응?"
"그 할머니가 서울로 가자고 했을 때
엄마가 이 집 지키며 기다리는 사람이 있어서
못 떠난다고 했다며? 그게 누구야?"

13

엄마랑 사진 찍고, 내장산에 가서 밥 먹고 쓰러질 거 같은 몸을
겨우 지탱하고 집에 왔더니 마루에 누가 앉아있다.

"오빠—."

마루에 앉아있던 오빠가 내게로 오더니 나를 끌어안는다.

그리고 나의 목과 어깨 사이에 고개를 묻고 흐느낀다

나는 그냥 오빠가 하는 대로 오빠에게 안겨 가만히 있다.

오빠의 눈물이 내 목을 타고 흐른다.

흐느낌은 더 커지고 오빠는 손바닥으로 나의 등을 쓰다듬듯 두
들긴다.

"알고 있구나, 오빠 알고 왔지?"

오빠는 고개를 들어 벌겋게 충혈된 눈으로 나를 본다.

나는 오빠에게 괜찮다는 듯 씨익 웃어 준다.

"이 녀석아, 내가 뭐랬어. 너 아무래도 이상하다고 진작 병원에

가보라고 했잖어."

"바쁘기도 했고, 난 신경 쓰고… 스트레스 때문에 그런 줄 알았지."

"이제 어떡하냐? 어떡허믄 좋으냐?"

"현석이 오빠 진짜 입 싸, 내가 적당한 때 가족들한테 얘기할 거니까 당분간 비밀 지키랬더니."

"이게 비밀 지킬 일이냐? 한시가 급한데."

"오빠, 나 가망 없대. 그냥 이대로 가게 해줘."

"손 놓고 죽어가겠다고?"

"아니, 편안히 가겠다고."

"아이구, 이 녀석아. 왜 이 지경이 되도록 몰랐어? 왜?"

"오빠 울지마, 나 괜찮아. 나 진짜 괜찮아. 근데 오빠… 엄마는… 우리 엄마는 어떡하냐? 흑흑 엄마….'

"아직 모르서?'

"그걸 어떻게 말해."

"어머니한테 누가, 그 사실을 말하냐? 그러다 줄초상 난다."

"그럴 거 같어. 나 그냥 해외 파견근무 나간다고 할까?'

"물론 나도 말할 자신은 없다만 어머니한테도 숨기기보다는 너를 보낼 마음의 준비를 시키는 게… 가자, 당장 서울로 올라가서 더 큰 병원에 가보자."

"아니, 그러고 싶지 않어. 그리고 오빠, 오빠가 있어서 다행이야. 엄마 좀 잘 부탁해.”

“오메 이게 누구여? 우리 큰아들 아녀?”

“어머니, 저 왔어요.”

“이게 뭔 일이여, 아니 어째 너그들이 이렇게 말도 없이 내려와서 나를 놀래키냐? 울었냐?”

“오빠가 나를 보더니 말랐다고, 고생하냐고 하면서 울잖어. 그래서 같이 좀 울었어. 오빠 나 괜찮아.”

“그래.”

“큰아들, 너는 웬일이여?”

“예, 전주에 출장왔다가….”

“그러제, 전주까지 왔응게 여그 와서 엄마 얼굴도 좀 보고 가야제.”

“그럼요. 근데 어디 다녀오세요?”

“나 어제 돼지꿈도 안 꾸고 용꿈도 안 꿨는디 오늘 횡재 히버렸다.”

“횡재요?”

“우리 미란이가 참 보드라워졌어야. 오늘 나 옷도 사줬제, 둘이 사진관 가서 사진도 찍고 거그다 ‘엄마 사랑해요’라고 글씨까지 박었다. 그리고 또, 택시 대절히서 내장산 가서 비싸고 좋은 밥 사먹고 택시로 내장산 경내 한 바퀴 씽— 드라이브허고, 미란이는 먼저 들어오고 나는 보광상회 가서 팥 한 됫박 사오고. 그러고 집에 온게 우리 큰아들이 와있네. 참말로 기분 좋네. 일 년 삼백 육십오 일이 오늘만 같으믄 얼마나 좋으까?"

"어머니 오늘 진짜 기분 좋으셨겠네요."

"좋기만 허냐? 기분이 째진다 째져."

"점쟁이가 그러더라고, 나보고 늘그막에 자식 덕보고 잘살겠다고, 진짜 그럴랑가벼. 점쟁이 공돈 안 먹네."

"어머니, 신부님한테 야단맞으시려고 점집 다니세요?"

"히히… 누가 말허고 가냐, 신부님 몰래 가제."

"우리 미란이가 나한테 오늘 사랑헌다는 말을 다 허드라. 거참, 기분 삼삼허니 좋드라. 그리고 미란이가 나 비행기도 태워준단다. 제주도 둘이 가자네."

엄마는 오빠를 붙잡고, 자랑하고 싶어 죽을 거 같던 말들을 다 토해냈다.

자상한 오빠는 어린아이 말상대 해주듯 엄마 얘기에 응대하며 중간 중간 이런 엄마를 어떡하면 좋으냐는 듯한 눈빛을 보냈다.

나는 아무 말도 아무 생각도 할 수 없다.

하고 싶지도 않다.

미안하다는 말로는 도저히 내 마음이 표현되지 않을 거 같다.

갑자기 그 노래가 입안에서 맴돈다.

내가 초등학교 4학년 때 한 번은 엄마한테 영문도 모르고 죽도록 맞은 적이 있었다.

친구들이랑 우리집 토방에 앉아 공기놀이를 하고 있는데 난데없이 엄마가 빗자루를 들고 뛰어오더니 나를 붙들고 막 때리는 것이었다.

같이 놀던 친구들은 놀라서 가버리고, 나는 영문도 모른 채 '엄마 잘못했어요'를 외치며 무자비하게 쏟아지는 빗자루 매를 맞았다.

실컷 분이 풀리게 때리고 난 뒤에 엄마는 숨을 헐떡이며 나를 때린 이유를 말했다.

엄마가 지난번에 그 노래 부르지 말라고 했지, 좋은 노래 다 놔두고 어째 그런 노래를 부르냐고, 다시는 그런 노래 부르지 말라고 분명히 했지?

나는 그때 내가 공기놀이를 하며 친구들이랑 같이 부른 노래가 엄마를 속상하게 했었나 보다고 생각했었다.

그날 난 엄마 앞에서 다시는 그 노래를 안 부르겠다고 맹세를 했고, 엄마는 내게 미안했던지 나를 데리고 가게로 가서 비싼 샤브레를 한 통 사주셨다. 혼자 먹으라고.

그 후, 나는 엄마와의 약속 때문인지, 엄마의 매질이 무서워서인지 그 노래를 다시는 부르지 않았지만 지금도 그 노래를 기억하고 있다.

꽃 사세요. 꽃 사세요. 장미꽃을 사세요

장미꽃을 안 사려면 매화꽃을 사세요

엄마 엄마 나 죽으면 앞산에다 묻지 마

뒷산에도 묻지 말고 양지쪽에 묻어 줘

비가 오면 덮어주고 눈이 오면 쓸어 줘

내 친구가 찾아오면 엄마 엄마 울지 마

엄마가 그때 왜 그렇게 나를 때렸는지 이제는 알 거 같다.

14

새끼 앞세우고 가는 시장이 이렇게 좋네.

한쪽에는 큰아들이 팔짱을 끼고, 다른 한쪽은 우리 딸이 팔짱을 끼고 세상에 부러울 것이 없네.

아는 사람들이나 좀 많이 만났으면 좋겠네.

우리 잘난 아들, 잘난 딸 자랑허게.

누가 우리 좀 알아보고 아는 체 좀 허믄 좋겠네.

나 여그서 혼자 이렇게 살아도 이런 아들, 딸 있응게 무시허지 마라고 말히주게.

"엄마, 생선 파는 데는 저쪽 아냐?"

"응, 저그… 저리 좀 돌아서 가자. 구경도 허고."

"무슨 구경, 피곤한데."

"어머니, 우리랑 같이 장에 오시니까 좋으세요?"

"좋제. 너는 피곤허믄 쉬랑게 따라나옴서 그러냐?"

"됐어, 빨리 가."

저녁에는 우리 큰아들 좋아허는 해물탕을 끓이려고 다 같이 나
왔다.

어디 이런 날이 또 오겄어.

좀 미안허기는 허지만 시장을 다 돌아보고 가야지.

그리야 아는 사람을 하나라도 더 만날 거 아녀.

"어머, 오빠 저거 좀 봐. 어머 웬일이야."

옳거니, 우리 딸이 저 양반을 봤구만.

10여 년 전에 시장통에 나타나 숫돌이나 때타올, 검정고무줄
같은 잡화를 파는 흔들이.

"몸을 어찌나 흔들어댐서 장타령을 잘허든지 다들 저 양반을
흔들이라고 부른다이."

딸이 자석에 끌리듯 흔들이한테로 갔다.

흔들이는 워낙 재밌어서 누구나 그 앞에 가서 구경하는 것을
좋아한다.

어찌나 입담이 좋은지 흔들이 앞에서 안 웃는 사람이 없다.

때마침 흔들이가 있으니 구경도 하고 웃기도 하고… 잘됐네.

우리 딸은 지 오래비 손을 꼬옥 잡고 벌써 자리를 잡았네.

주나 봐라 주나 봐라 가나 봐라 가나 봐라

명태같이 찢을 년아, 붕어같이 배딸 년아

죽순같이 뽑을 년아, 년아년아 이년들아
하나만 사주믄 안 되겠냐
살 때까지 살 때까지 팔 때까지 팔 때까지
주나 봐라 주나 봐라 가나 봐라 가나 봐라

세상에 뭣이 저렇게 우습고 재밌으까?
우리 딸이 흔들이의 장타령에 자지러지게 웃는다.
저렇게 욕을 하며 배짱으로 파는 장사꾼은 처음 본다고.
미란이의 웃음소리에 흔들이가 다가와서 더 흔들어댐서 장타
령을 해대니 미란이는 지 오빠 뒤에 숨으며 까르르까르르 재밌어
죽겠단다.
아이고 이뻐라, 저렇게 웃으니 얼마나 이뻐.
"보쇼. 흔들이 양반, 저게 누군지 아요?
우리 큰아들허고 딸인디 엄마 본다고 서울서 내려왔어.
내가 물건 몇 가지 팔아줄랑게 우리 새끼들 좀 재밌게 히주쇼."

잘생겼네 아들내미, 이쁘구나 딸내미
신성일, 엄앵란아 저리 가라 뺨 맞을라
어느 공장 공장장이 이렇게 물건을 잘 뽑았냐
치성 들여 뽑았더니, 술김에 뽑았드냐

나는 몰라 나는 몰라, 안 봤응게 나는 몰라
웃지 마라 웃지 마라, 배꼽 빠져 병신 될라
양심 있으믄 하나 사가 그만 웃고 물건 사가
나도 먹고 살아야지 너그들만 입이냐
돈 내놔라 돈 내놔라, 아나 여기있다 아나 여기있어

정신없이 웃어대는 우리 딸.
맨날 맨날 저렇게 웃고 살아야 되는디.
꽃같이 달같이 웃으며 살아야 허는디.
내가 자식들한테 바라는 게 뭐 별거 있간디.
그저 웃으며 건강하게 사는 것이지.
그게 에미의 소원이지.

15

해물탕을 푸짐하게 해서 올려놓은 저녁상 앞에 엄마와 오빠와 내가 둘러앉아 저녁을 먹었다.

엄마는 늘 혼자 계시다가 예고도 없이 찾아든 아들과 딸 때문에 행복해서 어쩔 줄을 몰라 하셨다.

동네 돌아가는 얘기, 친척 누구네가 어쨌다는 얘기, 막둥이의 며느릿감은 어때야 한다는 얘기.

얼마나 신이 나셨는지 노인네 볼이 벌겋게 상기되어 있었다.

새우를 까서 내 밥 위에 올려 주고, 게를 뜯어 오빠에게 주며 새끼 먹는 입 보는 게 제일로 행복하니 어서 먹으라는 말씀을 수도 없이 하셨다.

하지만 오빠도 나도 국물만 숟가락으로 뜨다말다 했다.

결국 오빠는 휴게실에서 늦게 먹고 와서 생각이 없다며 엄마가 끓여준 누룽지를 몇 숟갈 뜨는 걸로 식사를 마쳤고, 나는 체한 거 같다며 물러앉았다.

엄마랑 같이 설거지를 하고 들어오니 오빠는 가만히 누워 눈을 감고 있다.

내가 이불을 펴줄까 물어보니 그냥 두란다.

엄마는 오빠가 피곤한 거 같다며 건드리지 말라고 했고, 나는 누운 오빠 앞에 앉아 TV를 켜고 봤다.

내게는 오빠 피곤하다고 건드리지 말라던 엄마가 오빠 옆에 앉아 이런 저런 얘기를 혼자 하신다.

아마 지금 오빠의 귀에는 엄마의 말이 안 들릴 것이다.

내가 지금 그러니까.

어쩌면 엄마도 자식들이 들을 거라고 생각하며 얘기하시는 게 아닐지도 모른다.

끊임없이 혼자 얘기를 해대시는 엄마.

예전에 누군가가 찾아오는 사람이 없어 너무 외로워서 거울을 놓고 혼자 얘기했다던 말이 생각났다.

외로운 엄마. 이 딸 때문에 이제 불쌍한 엄마가 되겠네.

그렇게 우리 셋은 오랜만에 만났음에도 불구하고 한 방안에서 각자의 세계에 빠져 한참을 있었나 보다.

밖에서 인기척이 났고, 누워있던 오빠가 벌떡 일어나더니 방문을 열었다.

동생들이 왔다. 서울과 인천에서 직장생활을 하며 사는 동생들이 활짝 웃으며 엄마를 부르고 들어선다.

오빠는 알고 있었던 듯 '왔구나' 하며 두 동생의 손을 맞잡았다.

엄마는 갑작스레 들이닥친 두 아들을 보고 놀랍고 반가워 이게 꿈이냐 생시냐 하시며 어린애같이 뛰는 시늉을 하셨다.

"엄마, 생시지. 막둥이 보고 싶었어?"

"보고 싶었제. 눈이 짓무르게 보고 싶었제."

"나도 엄마 보고 싶었어~잉."

"아이고, 나이 서른이나 된 놈이 언제 철들어."

"엄마~ 우리 엄마."

"최 여사, 작은아들도 왔어."

"지랄허네, 아니 그것은 뭔 유행이여? 세상천지에 누가 엄마를 여사 여사 그런다냐? 하여튼 텔레비전이 사람 다 버려놔."

"최 여사 토라지니까 더 섹쉬한걸~."

"버릇없이… 시끄러 이놈아."

"누나는 언제 왔어?"

"어제."

"같은 서울 살아도 못 만나는데 여기 와서 보네. 집이 좋긴 좋다."

"미스 권, 꼴이 왜 그래? 어디 아퍼?"

"야, 누나가 호스테스로 보이냐, 다방 레지로 보이냐? 미스 권이 뭐야, 미스 권이.”

“맨날 듣는 누나 소리보다 신선하고 좋지 않어?”

“신선하다 못해 풋내난다. 근데 갑자기 왜들 온 거야?”

“근게 말이여, 나는 당최 뭔 조화 속인지 모르겠네. 다들 약속했냐? 엄마 놀래켜주자고?”

“최 여사, 우리 와서 싫어? 다시 갈까?”

“싫기는… 자식 보는디 싫은 엄마가 어딨냐? 좋아서 그러제. 내 새끼 넷이 다 모였네. 세상에 이게 뭔 일이여. 나 오늘이 젤로 행복허네. 내 생일보다도 더 좋아. 아이고 좋아라. 춤이라도 췄으믄 쓰겠는디 춤을 어떻게 춰야 된다냐?”

“최 여사, 자, 내 손 잡고 돌리고 돌리고….”

“그만 까불고 앉자. 어머니 제가 저녁때 전화했어요. 퇴근하고 여기로 좀 오라고.”

“왜? 무슨 일로?”

“오빠….”

“형, 무슨 일이야? ‘이유는 묻지 말고 내일은 월차 내고 오늘 퇴근하는 즉시 정읍집으로 와라’ 뭐야?”

“나는 혹시 엄마한테 무슨 일 있는 줄 알고 얼마나 가슴 철렁했다고. 엄마 이 막둥이는 엄마 없이 못 사는 거 알지? 엄마 오래 살어.”

"아이구 내 새끼야."

불안하다. 그리고 가슴이 쿵쾅쿵쾅 뛴다. 오빠가 갑자기 동생들을 왜 이곳으로 불러들인 걸까. 설마….

동생들이 엄마와 장난을 치고 있을 때 나는 오빠를 불안하게 바라보았다.

오빠는 나를 보고 씨익 웃는다. 걱정 말라는 듯.

"야, 우리 4남매 이렇게 모인 거 진짜 오랜만이지?"

"그렇지. 다들 바쁘고, 명절 때는 누나가 시댁에 가야 하니 빠지고 아버지 제사 때나, 엄마 생신 때는 꼭 넷 중에 하나는 출장이나 연수 땜에 빠지거나 개인사정들로… 그러고 보니 진짜 오랜만이네. 우리 넷이 다 모인 거."

"얼마 만인지 아냐? 딱 5년이다. 미란이 시집가기 바로 전에 여름에 내 생일 때 와서 격포 놀러갔다 온 후로는… 그러고 미란이 바로 시집가고 그때부터 더 그렇게 모이기 힘들어지더라."

"맞어, 그때 우리 가족 모두 엄마 모시고 격포 갔을 때 그때."

"어머니 죄송합니다, 큰아들이 못나서 그랬네요. 니들한테도 미안하다, 같은 서울 하늘 아래 살면서도 4남매 같이 모일 생각을 못했다. 내가 다 못나서 그랬다."

"형, 다들 바빠서 그런 거지 뭐 형 잘못이야. 대신, 보고 싶은 사람들이 각자 돌아다니면서 개인플레이는 잘했으니 걱정 말어."

"4남매 같이 모이기가 힘들었지 통화는 자주 했잖아."

"서로 자주 보고, 어려우믄 도와주고 그래라, 세상에 형제간만큼 좋은 것이 또 있간디."

"야, 사실은 그래서 니들 오라고 한 건데, 우리 오랜만에 어린 시절로 돌아가서 어머니 앞에서 재롱 좀 떨자. 그동안 어머니 혼자 얼마나 외로우셨겠냐?"

"그럼, 명목이 외로운 엄마 위문공연인가?"

"응, 우리 남매도 오랜만에 어렸을 때로 돌아가 보자. 지금은 돌아갈 수 없는 행복했던 그때로 마음만이라도."

"그거 하자고 월차까지 내고 오라는 거였어?"

"임마, 사람이 바쁘다고 잊고 사는 게 얼마나 많은 줄 알아? 다 그러면서 머리도 식히고 우애도 돈독히 하는 거지. 나중에 생각해보면 오늘 이 밤이… 오늘 이 밤이… 얼마나 소중한 밤이었는지를…."

"형, 울어?"

"오빠―."

"어머니 죄송해요, 이렇게 모이니까 좋아서 그래. 니들은 안 좋냐? 어머니 좋으시죠?"

"암만, 내 평생에 젤로 반갑고 기쁜 날이여."

오빠는 배우 해도 잘했겠다.

어쩌면 저렇게 연기를 잘하는지.

나는 오빠의 마음이 느껴져 마음이 아픈데 다른 식구들은 오빠의 깜짝연기에 그저 행복하기만 하다.

내가 사랑하는 사람들이 다 모였다.

내가 35년을 사는 동안 가장 오래 같이 살았던 사람들.

이 사람들의 행복한 모습을 더 많이 기억하고 가게 하려고 오빠가 배려한 시간일까?

그 밤 우리 4남매는 엄마를 가운데 두고 누워서 어린아이들이 되었다.

늘 점잖고, 든든하던 오빠는 그날 동생들 앞에서 과감히 철부지 소년이 되어 우리들의 삐에로가 되어주었다.

오빠가 엄마에게 어리광을 부리며 엄마의 젖을 만지니, 엄마는 간지럽다며 깔깔댔고, 막둥이는 형이 엄마 젖 만지는 나이면 나는 빨아야 되는 거냐며 엄마 젖을 빨겠다고 덤볐다.

그렇게 덤비는 아들들에게 엄마는 새끼는 좋지만 늙은 아들이 젖 만지는 것도 징그러운데 빨기까지 하면 망측하다고 피했는데, 큰동생이 빵빵한 젖은 빨아야 되는데 최 여사 젖은 쭈글쭈글하니 풍선처럼 불어야 된다고 해서 우리는 다 방바닥을 뒹굴며 웃었다.

한 번 터진 얘기는 끝이 없었는데 우리 4남매가 한집에서 자랄 때 얘기, 각자의 추억과 공유하는 추억의 정경, 또 서로의 약점을 놀리는 얘기가 대부분이었고 그때의 기억을 떠올리며 서로 얘기를 하려고 아우성이었다.

누구도 현재의 얘기를 하는 사람은 없었고 그랬기에 엄마와 우리 4남매는 행복하고 완벽하게 30여 년 전으로 돌아가 있었다.

오빠가 엄마에게 우리 4남매 키우면서 어떤 때 제일 힘들었냐고 엄마에게 물으니 엄마는 힘든 건 몰랐고 우리 4남매를 키우던 그때가 제일 행복했었다고 했다.

그리고 마음껏 못 해주고 잘 먹이지 못한 것이 늘 마음에 걸린다면서 딱 한번 우리 4남매 낳은 것을 후회한 얘기를 했다.

외할머니 생신 때 막둥이를 업고 외가에 갔는데 외가 부엌 찬장에 참기름이 두 병 있더란다.

엄마는 그 고소한 냄새를 맡으니 맨날 김치쪽을 물에 씻어서 물과 밥만 먹는 막둥이에게 먹이고 싶더란다.

고기는 못 먹이더라도 참기름이라도 기름기 있는 것이 들어가면 물에 씻어 먹이는 김치보다는 영양가 있겠지 싶어서.

외숙모한테 한 병 달라고 해도 줄 거 같지는 않고.

엄마는 '에라 모르겠다' 하고 숟가락을 가져다가 참기름을 따라서 업고 있던 막둥이에게 억지로 억지로 두 숟갈을 먹였단다.

그날 밤 막둥이는 참기름 두 숟갈이 뱃속에서 난리가 났던지 아래 위로 쫙쫙 쏟아내고 하얗게 돼서는 축 처져서 소리 내서 울지도 못하더란다.

그때 엄마는 잘 키우지도 못할 자식을 넷이나 낳은 거에 대해서 처음으로 후회를 했고 그 외에는 우리를 키우는 것이 행복이었다 말했다.

큰동생이 어린 시절 하면 떠오르는 추억을 하나씩 말해보자고 제의를 했고 대답은 큰오빠부터 순서대로 했다.

오빠는 고등학교 때 내 방에 몰래 들어와 서랍에서 내 생리대를 한 개 꺼내다가 혼자 몰래 냄새 맡아보고, 비벼보고, 뜯어보고 했던 얘기를 했다. 그때는 그게 너무 궁금했었다며.

나는 초등학교 3학년 때 머리 이 때문에 고생한 얘기를 했다.

어느 날 엄마가 내 머리를 들춰보시더니 이가 있다며 참빗으로 빗기고 머리 감겨서 서캐를 뽑고 이를 잡아줬지만 며칠만 지나면 다시 이를 옮아오고, 또 잡아주고 나면 또 옮아오고….

학교에 다니니 어쩔 수가 없었을 것이다.

엄마는 매일 매일 다른 일은 제쳐두고 나만 붙들고 이를 잡고 있을 수 없었을 테고 그렇다고 그냥 이가 끓는 머리로 놔둘 수도 없어서 맨날 성화였는데 어느 날은 엄마가 나를 수돗가에 앉히더니 하이타이로 머리를 감으면 독해서 이는 죽고 서캐는 다 녹는다고 누가 비법을 가르쳐줬다며 하이타이를 내 머리에 붓고 머리를 감겨주었다.

그런데 이게 웬일인가, 아무리 헹궈도 하이타이 비눗물이 가시질 않았고 머리를 문지르면 문지를수록 거품은 더 생겨나는 거였다.

쪼그리고 앉아 머리를 감겨주던 엄마나, 엉덩이를 하늘로 쳐들고 머리를 대주고 있던 나나 헹구다 헹구다 지치고 옷은 다 버리고 눈으로 비눗물은 들어가고… 결국 나는 주저앉아서 울어버렸고 엄마는 울고 있는 나의 머리를 대충 닦아주고는 그대로 끌고 가 은미용실에서 머리를 짧게 잘라버렸다.

그래서 한동안 잘 모르는 사람들은 우리집이 아들만 4형제인 줄로 알기도 했었다.

큰동생은 토끼탕 얘기를 했다.

공부는 안 하고 맨날 밖으로 싸돌아다니며 놀기만 하던 큰동생이 초등학교 6학년 때 토끼를 두 마리 키우고 있었다.

말도 안 듣고 장난만 치고 돌아다니던 아이였지만 토끼 사랑은 지극했고, 토끼가 이슬 묻은 풀을 먹으면 안 된다고 학교에 갔다 온 후에 꼭 토끼가 먹을 풀들을 뜯어다 놓고 놀러 갔었다.

가끔은 시장에 가서 당근잎을 주워다 먹이며 '오늘은 쌀밥이다 많이 먹어라' 하기도 했다.

말도 안 듣고 장난만 치고 돌아다니던 아이였지만
토끼 사랑은 지극했고,
토끼가 이슬 묻은 풀을 먹으면 안 된다고
학교에 갔다 온 후에 꼭 토끼가 먹을 풀들을 뜯어다 놓고 놀러 갔었다.

그러던 어느 날 학교에 갔다 와보니 외삼촌이 오셔서 마루에서 아버지와 소주를 한 잔씩 하고 계셨는데 안주가 먹음직스러운 매운탕이었다.

동생은 '배고파 배고파' 하며 왔다 갔다 했고 그런 동생을 보고 외삼촌은 '와서 고기 먹어라' 하시니 동생은 엄마가 보면 못 먹게 할까 봐 얼른 앉아서 누구 눈치 볼 것도 없이 허겁지겁 고기를 뜯어먹었다.

아버지와 외삼촌은 고기보다는 소주를 한 잔씩 하시고 국물만 떠 드셨단다.

어느 정도 먹고 일어서려는데 아버지가 '니가 토끼 키우느라 고생했으니 저 토끼털은 올 겨울에 니 귀마개를 해주마' 해서 무슨 소린가 해서 보니 처마밑에 회색빛 토끼털이 걸려 있었다.

동생은 그때서야 그 고기가 무슨 고기인지 알게 되었고 '내 토끼, 내 토끼' 하고 우니 외삼촌이 돈 1,000원을 주시면서 "나는 국물만 몇 숟갈 먹었다" 하셨단다.

막둥이가 기억하는 어린 시절의 추억은 화장실에서 제대로 조준 못하고 양 옆에다 똥 싸놓는다고 혼났던 기억밖에 안 난다고 해서 모두들 또 까르르 웃었다.

오빠가 이번에는 각자 누구에게 부탁하고 싶은 게 있으면 얘기하자고 하니, 엄마는 우리 모두에게 항상 건강하고 우애하라고 하셨다.

오빠는 나에게 '지금 이 시간 이후부터 오빠가 하자는 대로 다 해달라' 고 부탁했다. 아마 이 말을 하기 위해서 자연스럽게 오빠는 이 주제를 유도했는지도 모르겠다.

나는 오빠에게 이제 그만 엄마를 서울로 모셔가 달라고 부탁했다. 엄마는 그 말에 싫다고 성화였지만 오빠는 내게 그렇게 하겠다고 약속했다.

큰동생은 내게 제발 잘 먹고 즐겁게 좀 살라고, 꼴이 너무 안돼 보인다고 해서 나는 웃으며 '너한테 진지한 모습은 참 안 어울려' 라고 하며 웃어버렸다.

막둥이는 오늘 이런 자리 너무 좋다면서 일 년에 한 번씩이라도 오늘 같은 날을 만들자고 했다.

엄마는 그 말만으로도 행복한지 싱글벙글이다.

그런 엄마에게 우리가 자식 넷 중에 솔직히 누가 제일 예쁘냐고 물으니 엄마는 다 똑같다고 대답했지만 어딘지 미심쩍은 구석이 있는 듯한 표정이었다.

막둥이가 거짓말하면 큰일 난다고 솔직히 말하라고 하니 엄마는 죽어도 말할 수 없다고 두 손으로 당신의 입을 가리며 웃었다.

그러자 이번에는 세 남자가 합세해서 엄마를 공격했다.

엄마는 당연히 큰아들이 제일 우선이라고 장담하는 오빠.

자기 친구네는 막둥이를 제일 이뻐한다던데, 왜 엄마는 딸만 이뻐하고, 딸이 우선이었냐고 서운하다며 우는 척을 하는 막둥이.

큰아들도, 막둥이도 아닌 큰동생은 제일 성격 좋고 잘 생긴 자신이 제일 이쁘지 않냐며 다른 형제들과 덩달아 되는 대로 억지를 부리며 애정결핍을 호소했다.

세 아들은 엄마가 딸을 더 좋아하는 거 안다고, 다 알고 있으니 이유가 뭔지나 속 시원히 얘기해달라고 했다.

좀 전까지 다 똑같이 좋다던 엄마는 어느새 아들들의 말을 인정하는 듯 웃으며 말문을 열었다.

"딸이라 더 이쁜 것이 아니라 더 애틋허제. 내 딸인게 애틋허고, 같은 여자로 내가 여자의 일생을 살어본게 고달프더라고. 그것을 내 딸이 살어야헌다 허믄 속이 짠허지. 근디 사실 더 큰 이유는 나 미란이 저것 날려버리는 줄 알었어. 어려서부터 몸도 약허고, 어찌나 예민헌지. 다들 포기허라더라. 근디 에미가 새끼 포기허는 것이 쉽간디. 미란이가 어려서 경끼를 그렇게 했느니라. 잘 놀다가도 애가 눈을 뒤집고 거품을 품지를 않나, 예민히갖고 어디서 놀래기만 히도 눈을 뒤집어버리고."

"병원에서는 뭐랬는데?"

"그때 뭐 병원이나 데리고 갔가니. 돈이 없은게, 그냥 민간요법
으로 대충 그냥…."

"민간요법?"

"누가 그러데. 경끼허는 애는 경끼헐 때 털 시커먼 남자가 그
애기를 향해서 오줌을 사정없이 갈김서 대빗자락으로 그 애기 때
리라고."

"그래서? 했어?"

"했지, 미란이 경끼허믄 너그 아버지는 얼른 바지 내리고 미란
이한테 오줌을 갈기고 나는 대문 뒤에 세워두었던 대빗자락을 갖
다가 경끼허고 있는 미란이를 사정없이 때렸제."

"오마이 갓~. 앗~ 애 잡네 잡어."

"어머니, 얘기 들으니까 저 어렴풋이 그 기억나요. 아버지가 미
란이한테 오줌싸고, 어머니가 미란이 때리고 그래서 저는 그때
그거 보면서 울었던 거 같아요. 그게 그래서 그런거군요."

"기억날 수도 있지. 그때 미란이가 대여섯 살 됐고, 니가 일고
여덟 됐으니까."

"효과는 있었어?"

"몰라, 넘들이 그렇게 허믄 낫는다고 히서 달리 방법이 없응게
했제. 야 그때 너그 아버지는 오줌도 맘대로 못 쌌어야. 너그 누
나 경끼허믄 거그다 쌀라고. 오줌싸고 났는디 경끼허믄 어쩔 것

이냐, 안 나오는 놈 비틀어 짤 수도 없고."

"으웩― 그럼 미스 권의 이 피부가 그때 아버지의 그 오줌독이 올라서…."

"근데 왜 하필 아버지야?"

"그믄 털 시커먼 남자를 어디 가서 불러오냐? 너그 아버지가 젤로 손쉽고, 늘 대기허고 있기도 좋잖여."

"무지한 건지 순진한 건지, 애가 아프면 병원엘 가야지 그 애한테 오줌을 갈기라는 건 비법이 아니라 고문 같은데. 어떤 양반이 술주정한 것이 비법으로 잘못 알려진 거 아냐?"

"내 인생 진짜 파란만장이구나, 여드름에 아까징끼보다 더 최악이야."

"아하, 아까징끼. 정확한 명칭이 머큐로크롬이던가?"

"빨간약 아냐? 그때 우리 집에서는 그게 만병통치약이었잖어."

"그래, 오죽하면 엄마가 내 여드름에도 발라줬겠냐?"

"윽― 최 여사, 아버지 치질에도 그거 발라준 거 아냐?"

"몰라, 뭐 다쳤네 아프네 허믄 그냥 다 발라줘 버릿응게. 그때는 지금같이 병원을 자주 다니든 때도 아니고 약도 많이 없었어야."

"오빠, 생각나. 우리 몸에 두드러기 나면 아부지가 탱자 따다가 문질러줬었잖어?"

"응, 가을이면 석류 따서 설탕에 재어놨다가 우리가 배 아프다고 하면 한 숟갈씩 떠먹이시고."

"맞어, 그랬어. 배 아프다고 허믄 설탕물이나 쪼께씩 타 멕이고, 손으로 배나 쓱쓱 문질러주고… 너그들 생인손 앓으믄 생콩 깨물어서 손가락에 붙여 묶어주고…. 그때는 돈도 귀허고, 약도 귀허고… 그리도 너그들 잘 크더라. 작은 놈 야는 개똥 먹고 커서 이렇게 칠렐레팔렐레 지멋대론가벼."

"아니 웬 폭탄선언, 최 여사 위증은 중벌이야."

"저놈이 한 서너 살 됐을랑가… 그때는 뭐 애들 요즘같이 벌벌벌 안 키웠어. 밥만 조께씩 멕여갖고 마당에 풀어놓고 키웠어."

"우리가 개야, 병아리야, 풀어 키우기는…."

"미란이는 가시낸게 난링구에 빤스만 입히고, 사내놈들은 난링구쪼가리에 아랫도리 벗겨서 그렇게 풀어놓으믄 잘 놀았다이. 근디 하루는 저놈이 뭣을 오물오물 먹고 있길래 내가 가서 뺏어들고 찬찬히 보니 개똥 말라서 굴러다니는 것을 주워서 먹고 있더란게. 나한테 들킨 것이 한번이지 몇 번을 먹었는지 아무도 모르제."

"그래서 내가 엄마한테 최 여사라고 부르는구나. 엄마 젖 먹고 자란 게 아니라 개똥 먹고 자라서."

모두들 웃었다.

오빠가 슬프게 웃으며 나를 슬쩍 봤다.

오빠도 지금 나랑 비슷한 생각을 하고 있는 걸까?

잠깐 딴 생각이 들려는데 오빠가 나에게 엄마한테 물어보고 싶은 거 있으면 물어보라고 했다.

나는 분위기를 위해 과장되고 명랑한 척하며 엄마에게 물었다.

"엄마, 제일 하고 싶은 게 뭐야? 소원 같은 거. 말해봐. 내가 다 들어줄게."

"진짜로?"

"응, 진짜 다 들어줄게."

"아니, 진짜로 내가 허고 싶어허는 거 말히도 돼?"

"최 여사 진짜 애인 있어? 재혼하고 싶은 거야?"

"거시기 저… 내가 허고 싶은 일은 미란이 혼자 승낙헌다고 되는 일이 아니고, 너그 4남매 다 승낙히야 허는디…."

"재혼 맞네."

"아따 이 작은놈은 예나 지금이나 징그럽게 나서고, 시끄러."

"최 여사가 그렇게 낳아놓고 뭘 그래?"

"이놈아, 잘나믄 니가 잘난 것이고, 못나믄 조상탓이냐?"

"알았어, 알았으니 새지 말고 원위치. 그래서 하고 싶은 일이 뭔데요?"

"나 실은 전에 전에부터 허고잡어 죽겄는디 너그들이 뭐라고 헐까 봐 말도 못 꺼낸 것이 있어야."

“어머니, 정말 재혼이세요?”

“아니여, 늙어서 주책이지.”

“그럼 뭔데?”

“너그들 내가 이 소리 히도 절대 화 안 낸다고 약속혀.”

“예, 말씀하세요.”

“나 진짜 가을마다 이거 허고잡어서 병이 다 날 지경이다.”

“아, 그러니까 그게 뭐냐고. 뜸들이는데 10년이야?”

“나, 막걸리장사허고 싶다.”

우리 4남매는 그냥 서로를 멀뚱멀뚱 쳐다봤다.

‘내가 잘못 들은 거 아냐?’ 하는 표정으로.

“안 되겠지? 너그들 망신인게.”

“안 되긴 뭘 안 돼, 우리 인생은 우리 인생이고 최 여사 인생은 최 여사 인생인데 하고 싶어서 병이 날 정도면 해야 하는 거 아닌가, 안 그래 형?”

“왜 막걸리장사가 하고 싶으신데요?”

“그믄 내 말 조께 들어볼래?”

“구체적인 사업계획까지 세우셨나 보네.”

“여그가 어디여, 정읍이제. 정읍에는 내장산이 있고 가을이믄 단풍 볼라고 관광객들이 겁나게 오잖여. 근디, 내가 몇 년 전에 동네사람들이랑 가을에 내장산을 갔는디 사람들은 산이 단풍으로 물들어서 불난 거 같다고 허는디 나는 단풍 하나도 안 봤다이.
더 좋은 구경거리가 있드란 말이다.”

　“내장산에 단풍 말고 더 좋은 구경거리가 뭐지?”

　“야들아, 내장산 그 경내에 들어갈 때 그 길이 길잖냐? 가을에
는 그 긴 길이 단풍구경 온 사람들로 꽉 차. 근디, 그 길 중간 중간
에 뭣이 있냐 허믄 막걸리장사가 있어. 그 뻘건 고무다라이 있지
야. 납작헌 놈 말고 길쭉헌 놈. 거그다 막걸리를 넘실넘실 채워
놓고 손잡이 달린 바가지 있제, 밥공기만 헌거. 그놈 서너 개 막
걸리 위에 띄워 놓고 그 술통 옆에 탁자 같은 거 하나 놓고 그 위
에 풋고추랑 노란 배춧속 씻어서 바구니에 한가득 담아놓고, 쌈
장 맛있게 만들어서 그 옆에 놓아두믄 끝이여. 산에 올라감서, 내
려옴서 목마른 사람들이 너도나도 와서는 돈 천 원 내고, 그 막걸
리 통에서 지가 알아서 한 바가지 떠먹고 풋고추나 배춧속 하나
집어서 쌈장에 찍어 먹고 가는 거여. 주문을 받을 것도 없고, 말
것도 없고, 술을 따를 일이 있는가, 왔다 갔다 이거 저거 갖다 줄
일이 있는가. 종업원이 필요허길 허냐, 나무젓가락이 필요허길
허냐, 더 달라고 헐 것도 말 것도 없이 한 잔 마시고 싶으믄 천 원
내고 한 잔 마시고, 석 잔 마시고 싶으믄 삼천 원 내고 석 잔 마시
고 가믄 되는 거여. 그냥 나는 그렇게 히놓고 옆에 서서 돈만 받
으믄 된당게. 첫째 현찰 박치기라서 좋고, 둘째 술주정 받을 일

"아이고, 고맙다. 나 진짜 막걸리장사허고 싶단게.
… 내가 돈 벌믄 너그들한테 한턱 쏘께.
미란아 엄마가 돈 벌믄 올겨울에 너 김치냉장고 하나 사주마.
요새 그거 없는 집 없다드라."

없고, 셋째는 밑천은 작게 들고 돈은 긁어모은당게."

"아무나 할 수 있는 거예요?"

"그런 갑드라, 언젠가 저 방천길에 뚱땡이네도 가서 그거 했다 드만."

"그렇게 돈도 잘 벌고, 아무나 해도 되는 거면 그런 장사를 하는 사람들이 많을 거 아냐?"

"많제, 근디 관광객이 엄청난게. 그리고 뭐 말이 한 잔이지 어디 술 좋아허는 사람들이 한 잔만 먹냐? 서너 잔씩은 금방 먹어. 욕심 많이 안 내고 가서 그 통 하나만큼만 팔고 와도 수지맞는 거지 뭐."

"아니 그럼 그 술이랑 배추, 고추, 쌈장은 어떻게 거기까지 갖고 가?"

"장사헐 사람은 그 안주거리만 집에서 준비히가믄 되는갑더라. 술은 아조, 그날 아침에 양조장에서 트럭으로 갖고 와서 나눠 준 게 받어서 자리잡고 팔기만 허믄 된대여."

"야, 최 여사 이거 진짜 하고 싶었나 보네. 아주 자료조사가 잘 됐는데."

"엄마, 그렇게 하고 하루에 얼마 버는데?"

"많이 번당게."

"그러니까 많이 얼마?"

"뭐 허기 나름이고, 사람마다 다르겠지만 이것 띠고 저것 띠고 하루에 삼만 원도 벌 수 있대여."

엄마는 '삼' 자를 강하게 굴리며 대단한 액수를 말하듯 한다.

큰동생은 최 여사 너무 스케일이 작은 거 아니냐며 놀렸고, 엄마는 삼만 원이 왜 큰돈이 아니냐고 통 크면 망한다고 큰동생을 쥐어박았다.

막둥이는 어리광 섞인 말투로 '우리 엄마 그게 그렇게 하고 싶었쪄? 하고 싶으믄 해. 이 막둥이가 사업자금 대주께' 하며 엄마 품을 파고들며 막둥이 티를 낸다.

오빠는 얼마나 하고 싶었으면 그렇게 자세히 알아봤냐며 근데 왜 그동안은 안 했냐고 물었다.

엄마는 혹시라도 자식들 친구나 아는 사람들이 보고, 자식들이 용돈도 안 주고, 엄마를 저런 거 시킨다고 뒤에서 흉보고 자식들 욕할까 봐서 못했다고 했다.

그러면 엄마가 자식들 체면을 깎아먹는 거라는 생각 때문에.

하지만 우리 4남매가 괜찮다고 하라고 승낙만 해주면 쌈장 최고로 맛있게 만들어가지고 가서 재밌게 할 자신 있다고 했다.

동생들은 염려 말고 하라고, 엄마가 하고 싶어서 하는 일이면 괜찮다고 했다.

말없이 듣고만 있던 오빠가 내 생각은 어떠냐고 물었다.

나는 대답하지 않고 가만히 있었다.

오빠도 대답을 재촉하지는 않았다.

동생들이 나를 보며 왜 대답을 안 하냐고 했다.

엄마도 나를 보며 묻는다.

"허지 말까?"

"엄마, 세상에서 제일 하고 싶은 게 그거였어?"

"응, 재밌겄드라야. 가만히 서서 돈만 받으믄 된당게."

"엄마, 해외여행을 가고 싶다거나, 비자금 통장을 하나 만들고 싶다거나, 사고 싶은 거 돈 걱정 안 하고 실컷 사보고 싶다거나 그런 건 생각해 본 적도 없지?"

"나 그런 거 안 허고잡어. 막걸리장사허고 싶단게, 가을에 내장산에서…."

"오빠, 난 찬성인데 오빠는 어때?"

"나도 어머니가 좋으시다면 상관없어."

"그럼 엄마도 올가을에는 사장님 되는 거네, 그치?"

"그렇지, 최 여사가 아니라 이제 최 사장이네."

"아이고, 고맙다. 나 진짜 그거 허고 싶더라. 단풍은 10월 말이나 들 것이고 인자 2월인디 언제 10월 되기 기다린다냐. 내가 돈 벌믄 너그들한테 한턱 쏘께. 미란아 엄마가 돈 벌믄 올겨울에 너 김치냉장고 하나 사주마. 요새 그거 없는 집 없다드라."

"아이고 두야, 최 여사 삼만 원씩 그 한철 벌어봤자 얼마나 된다고. 아 지키지 못할 약속은 하지를 말라고요."

"진짜지? 약속했다, 엄마."

"하이고, 내가 돈만 잘 벌믄 김치냉장고가 문제여? 내가 너그들 그냥…."

"형, 순박한 우리 엄마 가슴에 바람이 들었어요. 이거 옐로 카드입니다."

"자자, 그만하고 그 다음 질문할까? 엄마가 지금 하고 싶은 얘기는 들었고, 음… 미란이 너는 지금 뭐가 제일 하고 싶냐?"

"음… 막둥이 결혼식 하는 거 보고 싶고…."

"누나, 여자나 좀 소개시켜주고 그런 소리 해."

"음…, 동생들 통장에 한 오천만 원쯤 각각 넣어주면서 '쓰고 싶은데 써라' 그러고 싶고…."

"오호~ 부라보!"

"음… 솔직히 말해야 되는 거지? 할 수만 있다면 나를 제외한 여기 있는 네 사람의 머릿속에서 누군가를 싹 지우는 일이 제일 하고 싶어."

"그게 뭔 소리냐?"

"미스 권, 영화와 현실을 혼동하지 마."

"누나, 그 누군가가 누군데?"

"곧 알게 돼."

"뭐야? 근데 누나는 왜 빼?"

"난 소중하니까~ 오빠는? 오빠는 지금 뭘 제일 하고 싶어?"

"난… 지금 이 순간, 이 시간을 멈추게 하고 싶다."

"윗사람들 왜 이래? 최 여사는 난데없이 가을단풍 주모가 되겠다고 하질 않나, 형은 시간을 멈추게 하고 싶다, 누나는 무슨 기억을 없애버리고 싶다, 윗사람들 답 안 나온다. 야, 아랫놈 넌 지금 하고 싶은 일이 뭐냐?"

"연애."

"구차하기는, 한창나이에."

"형은?"

"나는 아버지 보고 싶다."

우리는 모두 말이 없었다.

처음부터 다 아버지의 빈자리를 느끼고 있었지만 분위기가 가라앉을까 봐 그 누구도 먼저 말하지 않았을 것이다.

정작, 아버지 보고 싶다고 말한 큰동생은 가만히 있는데 마치 기다렸다는 듯 엄마는 울기 시작하면서 아빠를 그리워했다.

너그 아버지가 있었으믄 오늘 같은 날 얼마나 좋았했겠나.

우리도 이 빠진 거같이 허전허지 않고.

아버지 너희 4남매 키우느라 고생만 고생만 허다가 죽은 불쌍헌 양반이다.

아버지가 너희들을 얼마나 이뻐했는지 모른다 등….

늘 같은 레퍼토리다.

"최 여사 내가 잘못했어. 지금까지 우리 가족토크 분위기 좋았는데 내가 괜히 아버지 보고싶다고 해가지고…나는 이놈의 입 때문에… 그만, 뚝."

"좋아서 그런다. 너그들이랑 이렇게 있응게 좋아서 너그 아버지 생각이 난다. 너그 아버지만 있으믄 옛날 우리 식구 딱 그 세트 되잖여."

늘 청승맞고 외롭기만 하던 우리 집에 그 밤 아주 오랜만에 그렇게 밤이 새도록 웃음꽃과 애기꽃이 피었고 그 안에 있는 4남매와 엄마는 오랜만에 행복한 밤을, 그리고 모두들 죽을 때까지 잊지 못할 밤을 보냈다.

그리고 나는 가슴속에만 묻어두고 평생 하지 못했던 말들을 슬며시 끌어올려 오빠와 동생들을 향해 눈으로 말해주었다.

"딸이라 더 이쁜 것이 아니라 더 애틋허제.
내 딸인게 애틋허고,
같은 여자로 내가 여자의 일생을 살어본게 고달프더라고.
그것을 내 딸이 살어야헌다 허믄 속이 짠허지."

16

"여봐요, 미란 아부지."

"당신 힘들지?"

"아니요. 죽은 양반이 불쌍허지 산 사람은 사요. 당신이 고생히서 새끼들 키우고 가르쳐놓고 죽어버린게 출세헌 자식들 덕은 내가 보고, 효도는 내가 받고 사요. 미안허요."

"자네 애썼네."

"보고싶습디다. 당신 목소리 듣고잡고, 당신이 태워주는 자전거 타고 싶습디다. 당신 있을 때는 몰랐네, 당신이 그렇게 중헌 사람인 것을. 당신 빈자리가 그렇게 큰 것을."

"이제 그만 나랑 같이 가세. 내가 당신 호강시켜줄라고 데릴러 왔네."

"그럽시다. 이방 저방 히도 서방이 최고고 열 효자가 난봉꾼 남편만 못하다는 옛말이 왜 있는지 당신 없은게 알겠습디다. 갑시다. 아이고, 잠깐만요…. 그믄 우리 새끼들은 어쩌요? 막둥이 장 가드는 것도 봐야 허고, 저 시끄럽기만 허고 실속 없는 작은놈 자 리잡는 것도 봐야 허는디… 또, 미란이 그거… 어쩌라고. 딸은 엄 마가 있어야 허는디… 철철이 가서 이불빨래는 누가 히주고, 김 치랑 반찬은 어쩌? 나중에 애기 나믄 해산간도 내가 히줘야 헐 것 이고, 계속 직장 다니믄 애기도 봐줘야 헐 것인디. 그리고 또 나 없으믄 힘들 때 누구한테 하소연허고 풀겠소? 외로워서 안 돼요. 하이고, 딸이 둘만 되도 서로 의지허겄지만, 남자 형제간들이 엄 마같이 살갑게 챙겨주간디. 여보, 나 안 갈라네. 우리 미란이는 지금 힘들어. 김 서방 사업 피고, 미란이도 애기 갖고… 그러믄 그때… 그때 다시 나 데릴러오쇼.”

“사는 거 고달프지 않는가? 내가 편안하고 좋은 세상으로 데려 다주께.”

“아무리 편안하고 좋은 세상이어도 우리 새끼들이 없잖여. 나 는 아직도 우리 새끼들한테 히줘야 헐 것이 많은디… 내가 지금 없어져 버리믄 우리 새끼들 어쩌라고…. 못난 에미지만 내가 있 어야 마음에 의지가 되지 않으까? 살다가 지치고 힘들어서 나한 테 전화히서 ‘엄마―’ 허고 부르믄 내가 ‘오야 내새끼―’ 허고 대 답도 히주어야제.”

꿈도 참 이상허네.

어째 그런 꿈을 꾸었으까?

생각지도 않았던 내 새끼들 다 와서 내 옆에 눕혀놓고 이렇게
행복허고 좋은데 어째 꿈이 그 모양이까?

"보고 싶습디다.
당신 목소리 듣고잡고, 당신이 태워주는 자전거 타고 싶습디다.
당신 있을 때는 몰랐네, 당신이 그렇게 중헌 사람인 것을.
당신 빈자리가 그렇게 큰 것을."

17

엄마의 콧노래소리가 유난히 구성지다.

달그락달그락 그릇들이 박자를 맞추고 엄마는 숨을 가다듬어 가며 동백아가씨, 섬마을 선생님, 바다가 육지라면을 연달아 흥 얼댄다.

음이 높은 데서는 목을 가다듬어 다시 부르는 엄마가 귀여워서 살며시 웃음이 난다.

엄마는 노래 부르는 걸 좋아하셨다.

내가 어렸을 적에 엄마는 내게 엄마가 부르시던 가요를 가르쳐 주곤 했었다.

그러면 나는 학교에 가서나, 사람들이 많이 모이는 장소에서 엄마에게 배운 노래를 불러서 칭찬을 듣기도 하고, 먹을 것을 얻 어먹기도 했었다.

요즘 엄마들은 생각도 못할 일이다.

하지만 난 그때 행복했었다.

엄마에게 배운 대로 간드러지게 꺾어가는 '섬~마~을에~' 를
해대면 모두 박수를 치며 좋아했었다.

그때 엄마는 젊고 예뻤다.

엄마는 늘 그렇게 젊고 예쁘고 건강하고 힘이 셀 줄 알았는데….

엄마가 그만 일어나서 아침 먹으라고 성화다.

그러나 난 일어날 힘이 없다.

엄마가 부르는 소리만 아득하지 대답조차 할 힘이 없다.

오른쪽 갈비뼈 밑이 너무 아파서 허리를 펼 수가 없다.

새벽에는 헛구역질도 나왔다.

병원에서 진단을 받은 후부터는 더욱 고통이 심해졌고, 눈에
띄게 증상이 나타나는 거 같다.

이제부터 어떻게 해야 되나?

내가 마지막까지 고통스러워하는 모습을 보아야 할 아이가 내
겐 없다는 것이 새삼 감사하다.

만약, 아이가 있었다면 그 아이를 두고 떠나야 하는 것이 간이
썩고 있는 고통보다 더 심할 거 같다.

식구들의 걱정 때문에 나는 할 수 없이 일어나서 벽에 등을 기댄 채 밥상 앞에 앉았다.

어제는 내 모습이 안 좋아 보인다던 동생들도 오늘 아침에는 병든 사람 같다며 병원에 가보라고 했다.

엄마는 내가 남편의 사업실패로 골병이 든 것이라며 보약 한 재 지어줄 테니 가지고 가라고 하신다.

오빠가 나를 포함한 동생들에게 아침 먹자마자 다 같이 올라가자고 하니 큰동생이 이왕 월차 내고 온 것이니 좀 뒹굴다가 엄마 모시고 나가서 맛있는 거 먹고 오후에나 올라가자고 했다.

오빠는 들은 척도 안하고 빨리 먹고 출발하자고 했다.

막둥이가 급한 일 있으면 큰형 먼저 올라가라고 하니 밥숟갈을 놓고 오빠가 동생들을 보며 애원하듯 제발, 제발 빨리 올라가자고 했다.

그때 부엌에서 나에게 주려고 엄마가 누룽지 밥을 끓여서 갖고 들어오시더니 난데없이 아버지 산소에 좀 가보자고 하셨다.

다들 영문을 물으니 엄마 말씀이 꿈이 하도 이상해서 그런다고 했다.

"내가 그렇게 안 갈라고 헌게 너그 아버지가 내 신발을 갖고가 버리드란 말이다. 참말로… 신발을 갖고 가버리믄 맨발로 발 아

프고 힘들어서 어떻게 걸어다니겠냐? 아버지 묏자리가 편허들 안
헌가? 아니믄 나 죽을 꿈인가?"

"엄마 왜 그런 소리를 해? 나 장가가는 것도 보고 오래오래 나
랑 살아야지."

"사람이 천년만년 사는 것이간디, 살 만큼 살다가 때 되믄 가는
것이지. 너그 아버지가 진짜 나 데릴러 왔으까? 갑자기 너그들이
다 온 것도 이상혀, 너그 아버지가 나 데려갈라고, 가기 전에 자식
들 얼굴이나 실컷 보라고 너그들을 여기로 끌어왔는가벼. 암만히
도 꿈이 심상치가 않다."

"엄마는 아침부터 웬 꿈 타령… 개꿈이야."

"아녀, 내가 꿈이 영검허다이, 너그 아버지 죽는 때도 내가 영
이상헌 꿈을 꿨잖냐? 니 큰오래비 승진헐 때마다 내가 선몽했어.
7월 원숭이가 꿈이 잘 맞는단다. 내가 7월 원숭이띠 아니냐."

"엄마, 이제 그만 이곳 살림 정리하고 오빠네로 가."

"어머니 그러세요, 집사람도 어머니 오실 날 기다리고 있습니다."

"그런 거짓말을 누가 믿는다냐? 세상 며느리들한테 다 물어봐
라. 시에미 모실란다고 허는 며느리 있는가. 나는 여그가 좋아.
펜혀."

"남들이 자식 욕해. 큰오빠 그렇게 잘돼서 강남에서 살고, 동생

들도 다 자기몫 하고 사는데 왜 여기서 이러고 혼자 살어. 큰오빠네로 가, 혼자서 이 큰집에 남아 웬 청승이야? 이러다 엄마 죽으면 몇날 며칠이 지나도 누가 알기나 하겠어?"

"그려 가야지, 갈 것인디 조금만 더 있다 갈라네."

"못 살어 진짜, 뭘 못 잊어서 못 가? 아빠라도 살아오실까 봐? 명절 때도 그래, 나야 시댁에 가니까 괜찮지만 오빠네랑 동생들 그 밀리는 도로에 시달리면서 일고여덟 시간씩 오는 거 불쌍하지도 않어? 그리고 자식들이 엄마 혼자 여기 이렇게 있으면 맘이 편할 거 같애? 남들은 또 뭐라고 하고? 자식 키워봤자 다 소용 없다, 키워 놓으니 저절로 혼자 크고, 저 잘나서 큰 줄 알고 혼자된 어머니는 나 몰라라 한다고 얼마나 욕하겠어? 자식들 불효자 만들지 말고 제발 올라가."

"그려, 간다고. 근디 지금은 때가 아니여."

"때는 무슨 때? 여기서 혼자 전기장판 하나 켜놓고 오그리고 자고, 뜨거운 물에 찬밥 한 덩이 말아서 먹으면서 살려고?"

"엄마, 형수가 불편하면 올라가서 나랑 살아, 나 결혼하면 막내 며느리랑 같이 살고."

"안 간당게 왜들 이려?"

"지겨워 지겨워ㅡ, 노인네 고집 부리지 말고 자식들 말 좀 들어."

"누나, 이게 소리지를 일이야? 누나는 왜 걸핏하면 엄마한테 소리지르고 신경질이야. 엄마가 무슨 죄가 있다고?"

그러게나 말이다. 엄마가 무슨 죄가 있다고 나는 만날 엄마에게 화풀이를 해댔는지 모르겠다.

맛있게 김치담아 딸네로 아들네로 다 보내고, 좋은 재료로 밑반찬 만들어 자식들에게 다 보내고 엄마는 혼자 앉아 된장 한 숟갈로, 아니면 김치 한 줄기로 물에 만 밥 한술 뜨는 식의 제대로 된 식사가 아니라 때 되면 겨우 끼니나 잇는 그런 식사를 해왔던 것이 죄인가.

죄를 따지자면 나는 엄마에게 얼마나 많은 죄를 지었는데.

엄마가 해서 보내 주는 밑반찬들을 당연히 받아만 먹었지 정작 엄마는 어떻게 먹고사는지 생각해보지 않은 싸가지 없는 죄.

엄마에게 미안하거나 고마울 때는 미안하다 고맙다는 말보다는 웬걸 이렇게 무식하게 많이 해보냈냐고 짜증을 부렸었고, 서울에는 더 좋은 게 많은데 왜 이런 걸 거기서부터 보내냐고 답답하다고 신경질을 내는 걸로 내 마음을 대신했던 자존심죄.

내가 그럴 때마다 엄마는 또 실컷 고생스럽게 해서 보내놓고 딸에게 좋은 소리도 못 들어서 섭섭했을 텐데 그런 내색 없이 전화기에 대고 연신 미안하다, 내가 잘 몰랐다고 오히려 내게 사과를 했고 그러면 나는 정말 잘못한 엄마의 사과를 받아들이는 척

고작 한다는 소리가 '내일 돈 좀 부칠 테니까 맛있는 거 사먹어'
라고 말하던 엄마무시죄.

나는 왜 그렇게 무뚝뚝한 딸이었을까?

나는 왜 그렇게 못난 딸이었을까?

고맙다 사랑한다는 표현을 제대로 하지 못하고 왜곡시켜서 엄
마의 가슴에 상처만 남기는 지지리도 못난 딸.

어쩌면 엄마는 통장에 들어오는 그 몇 푼의 돈보다도 '엄마, 고
마워. 잘 먹을게. 엄마 나한테는 엄마밖에 없어. 사랑해' 그 말을
더 듣고 싶어 했을지도 모르는데.

왜 나는 이제야 그걸 알게 된 걸까.

나에겐 이제 만회할 시간이 없는데.

엄마에게 미안하다고 사과할 시간도 부족한데 어떻게 그동안
고마웠고 사랑했던 마음을 전할 수 있단 말인가?

엄마, 엄마… 나는 이제 어떡하면 좋아.

엄마 딸, 못난 딸, 나 어떡해요, 엄마.

엄마, 엄마를 이렇게 엄마라고 부를 수 있는 게 얼마나 큰 행복
인지 나 이제서야 알았는데 이제야 겨우 엄마한테 잘 할 수 있을
거 같은데….

어젯밤의 그 행복했던 분위기는 햇빛에 다 녹아버렸을까?

아침상을 물리고 방안에 앉아 있는 우리 형제들은 말이 없다.

아침 먹자마자 바로 떠나자던 오빠도 그저 앉아서 방바닥만 검지로 문지르고 있다.

"에이 답답해. 성질 급한 놈이 돌 맞는다. 형, 무슨 일 있는 거요?"

오빠는 대답 없이 하던 짓을 계속하고 있다.

"아, 혀~엉, 말 좀 해봐요. 진짜 단순하게 어렸을 때 개똥 집어 먹고 생리대 훔쳐다 몰래 연구하던 그런 얘기나 할라고 우리 내려오라고 한 거냐고? 어째 분위기가 이상허네."

"올라가자. 내가 가서 다 얘기해 주께."

"아, 답답해서 못 참겠어. 지금 말해줘."

"가자고, 가서 해준다고 하잖어."

오빠와 큰동생이 언성을 높였다.

막둥이는 그저 눈치만 살피며 나를 바라보기에 나는 '괜찮아'라고 말해주며 싱긋 웃어주었다.

언성이 높아진 걸 들었는지 아침상 물린 후로는 안 보이던 엄마가 두 손을 맞잡고 겁에 질린 듯 들어와 우리들 사이에 앉으셨다.

"지금, 나 땜시 그러는 거냐? 나만 서울 가믄 되는 거냐? 그믄 내 얘기부터 좀 들어봐라. 너그들이 내 걱정허는 맘 다 안다. 나도 가끔은 올라가서 아들 며느리랑 같이 살고 싶더라. 아파트 답답히서 안 간다고? 하이고, 어디든 정들믄 고향이란다. 살믄 살지 왜 못 살겄냐? 답답허네, 어쩌네 히도 이렇게 겨울이믄 황소바람 들어오는 이런 한옥집보다 따숩고 편허고 좋겄지야. 친구? 아이고 여그서 정든 친구들만이야 못허겄지만 서울도 사람 사는 곳인디 친구 못 사귀겄냐? 그믄 뭣 땜에 여그서 청승 떨고 이러고 있냐고? 야야, 다 생각이 있어서 그런다. 미란이, 니놈들 누나, 니 하나밖에 없는 여동생. 내 딸 미란이. 미란이 땜시 내가 이러고 있는다. 결혼헌 여자가 속상헐 때 갈 곳이 없다는 것이 얼마나 서러운 일인지 내가 알기에 엄마는 여그서 이렇게 상처입고 갈데없어 찾아올 우리 딸을 기다린 것이여. 분명히 살다보믄 속상헌 일도 있고, 남한테 말 못 허고 혼자 속끓일 일이 있겄지야. 남자들이야 술 마시고 담배 피고 소리지름서라도 풀겄지만 여자들은 그 썩는 속을 어디다 풀고, 누가 들어주고 위로혀주겄냐. 그때 엄마 찾어오라고, 살면서 그런 일이 없으면야 좋겄지만 살다보믄 어째 없겄어. 한 번이든 두 번이든 세 번이든… 힘들고 속상헐 때 엄마 있는 친정 와서 풀고 가라고 한 번이 될지 두 번이 될지 열 번이 될지 모르는 그날을 대비해서 엄마는 여그서 기다리고 있는 거여. 여자가 가고 싶어도 갈 친정이 없다는 것이 얼마나 서러운 일인지 엄마가 알기에 우리 딸한테만큼은 그런 설움 안 주고 싶어서, 그리서 여그서 우리 딸 기다리고 있는 것이다. 봐라, 내 말이 맞었제. 너 서울서 안 좋은 일 있어서 엄마 보러 온 것이제? 니 자

존심에 누구한테 말도 못 허고, 힘들고 외로운게 그리도 생각나
는게 엄마라 엄마 보러 온 거 맞제? 지금 니 꼴을 봐라, 정상이 아
니여. 어디가 고장나도 단단히 났지 싶다. 편허게 살으라고, 멋지
게 살으라고 죽기살기로 너 가르쳤는디, 시방 니 꼴이 뭣이냐? 니
꼴에 내 가슴이 찢어져도 나 모른 척허고 있었어. 아가, 힘들쟈?
인생이 그렇게 순탄하지만은 않은 것이다. 그렇다고 풍랑이 무섭
다고 배를 부두에 매둘 수만은 없는 것 아니겠냐. 니가 힘들 때
이렇게 찾아와 맘 놓고 울고, 엄마한테 어리광부리라고 여기서
엄마는 널 기다렸던 것이다. 내가 서울에 가서 아들네랑 살면 아
무래도 올케 눈치 보여서 쉽게 오지 못할 거 같아서 너 편히 쉽게
오라고 여그서 너 기다리는 거여. 힘들 때 언제든지 이 엄마 찾아
오라고. 그리서 나 서울 못 갔다. 인자 엄마 맘 알겠냐?"

　"엄마… 나는 늘 엄마의 사랑을 짐작조차 못해. 근데 엄마, 이
제 올라가. 제발… 제발 올라가 이제… 이제 그럴 필요 없어. 이
제 나 기다리지 않아도 돼."

　그때 갑자기 오빠가 소리 내어 통곡하기 시작했다.

　"형, 형 왜 그래?"

　"아이고 우리 아들, 야 야, 왜 그러냐?"

　그러더니 뒤로 벌렁 넘어지면서 온몸을 발버둥치며 꺼이꺼이
운다.

　두 동생이 오빠에게 다가가 온몸을 흔들며 짐승처럼 울어대는
오빠를 잡으며 어쩔 줄을 몰라 했다.
　엄마가 오빠에게 가더니 오빠의 머리를 가슴에 안고 아기를 달
래듯 어루만지며 달래는데 오빠가 소리쳤다.
　"엄마, 어떡해? 우리 미란이 어떡해. 내 동생 미란이 불쌍해서
어떡해. 어떡하냐고―."
　모두의 시선이 나에게 쏠렸다.
　나는 진작부터 울고 있었다.
　소리는 나지 않았지만 눈물은 하염없이 흘렀다.
　나를 바라보는 내 가족들. 내가 사랑했던 내 가족들.
　그들에게 나는 최대한 덤덤하게 말했다.
　엄마 말처럼 때가 되어서 가는 거라는 걸 확인시키려는 듯.
　"나 이제 여기 안 와. 못 와."
　"왜야?"
　"엄마, 미안해. 나 이제 아빠 곁으로 갈려구."
　"누나―."
　"간암이래. 3개월… 남았대."

"분명히 살다보믄 속상헌 일도 있고,
남한테 말 못 허고 혼자 속끓일 일이 있겄지야.
…그때 엄마 찾어오라고
…힘들고 속상헐 때 엄마 있는 친정 와서 풀고 가라고
한 번이 될지 두 번이 될지 열 번이 될지 모르는 그날을 대비해서
엄마는 여그서 기다리고 있는 거여."

18

아이고, 아이고 이 일을 어쩌.

내 새끼를 어쩌라고, 내 생때같은 새끼를⋯.

아이고, 나는 못 사네. 내 새끼 보내고 나는 못 사네.

아가, 못 간다. 못 가. 내 새끼를 누가 데려가.

누가 우리 딸 좀 살려줘요, 제발 좀 살려줘요.

어디를 가야 우리 딸을 살릴 수 있소. 하늘 끝이라도 갈랑게 알려만 주쇼. 아이고 내 새끼를 어쩌—.

19

엄마.

엄마, 내 엄마여서 고마워.

진작 그 사실을 알고 엄마한테 더 잘했어야 되는데 그러지 못해서 미안해요.

중환자실에 있었을 때 엄마가 울며 의사한테 떼쓰는 소리 다 들었어요.

내 새끼 살려내라고 윽박지르다가 다시 애원하면서 내 간 뚝 떼서 우리 딸 간하고 바꿔주라고 생떼 쓰면서 우는 소리 다, 전부 다 들었어요.

의사가 얼마나 황당한 표정일까를 생각하며 나 속으로 많이 웃었어.

엄마, 나 이렇게 엄마 사랑만 받고, 하나도 갚지 못하고 가서 어떡하지?

그 흔한 사랑한다는 말은커녕, 말 한마디 곱게 안 하고 맨날 신경질만 부리고 엄마를 종처럼 부려먹다가 결국은 이렇게 엄마 가슴에 대못을 박고 떠나게 돼서 어떡하지?

염치없어서 미안하다는 말도 못하겠어요.

용서해달라는 말은 차마 뻔뻔스러워서 못 하겠어.

나 벌 받았나 봐.

엄마의 그런 사랑을 몰랐던 거.

그래서 하느님이 깨우치라고 이렇게 일찍 데려가시나 봐.

엄마, 나 가요. 엄마딸 이렇게 엄마 떠나요.

가서 엄마 기다릴게요.

이제라도 엄마의 사랑 알았으니 저승에서 만나면 정말 잘 할게요.

엄마 가슴에 못 박은 거 단숨에 확 뽑아드리고 늘 엄마에게 내 감정 표현하며 잘할게요.

엄마, 너무 슬퍼하지 말고 우리 다시 만날 날을 기다려요.

나 없다고 만날 울지 말고, 자식 먼저 보낸 어미가 먹는 것도 죄스럽다며 끼니 거르거나 소홀히 하지 말고, 죽은 자식 생각하며 '어서 죽어야지 어서 죽어야지' 청승 떨지도 마요.

그리고 내 물건들, 다 태워버려. 내 냄새 난다는 옷도.

내 생각이 날 만한 건 다 태워줘요.

엄마가 그런 걸 보며 울고 있을 생각을 하면 내가 가슴이 답답하고 간이 썩어들어가는 것보다 더 고통스러워요.

그리고 엄마, 용서해줘.

나, 화장시켜달라고 했어요.

어딘가에 묻어놓으면 엄마가 맨날 찾아올까 봐.

비가 오면 비 온다고 걱정하고, 눈이 오면 내 새끼 언 땅에 누워 있다고 방안 보일러도 안 켜고 앉아서 울까 봐, 나 화장해서 흔적도 없이 해달라고 했어요.

엄마가 낳고, 엄마가 키워준 몸.

저 이렇게 관리 못하고 허망하게 날려버렸네요.

엄마 나 가요. 엄마딸 엄마보다 먼저 딴 세상으로 가요.

엄마 없이, 엄마 떠나서 살 생각에 겁이 나.

지금까지 내가 잘나서 사는 건 줄 알았는데 이제야 알았어.

엄마가 있어서 내가 그렇게 살 수 있었다는 거.

엄마, 다시 만나면 나 엄마의 좋은 딸 될게.

엄마가 묻는 말에 대답도 잘하고, 신경질 난다고 방문 잠그는 거 절대 하지 않을게.

내가 해달라는 거 안 해준다고 단식투쟁하거나, 이불 뒤집어쓰고 누워있는 짓 같은 거 정말 안 할게.

창피하다고 엄마 학교에 못 오게 하는 못난 짓 다시는 안 할게.

우리 엄마는 왜 구구단도 못 외우냐는 가슴 아픈 말 절대 안 할게.

모르면 가만히 있으라는 말, 엄마가 뭘 아냐는 말, 진짜 절대 안 하는 착한 딸 될게.

엄마처럼 안 살겠다는 바보 같은 말도 안 할게.

왜 날 낳았냐고, 제대로 해주지도 못할 거면서 왜 낳았냐고도 안 할게.

나를 제일 사랑해주는 사람.

내 맘을 제일 잘 아는 사람.

나를 제일 잘 이해해주는 사람.

나를 제일 이쁘다고 하는 사람.

내 얘기를 제일 잘 들어주는 사람.

나를 믿어주는 사람.

내가 무슨 짓을 하고 돌아가도 반겨줄 사람.

바로 엄마라는 거, 나 이제야 알고 떠나요.

엄마 고마워. 그리고 사랑해.

20

아가, 내 새끼야.

너를 보내고도 이 독한 에미는 이렇게 잘 살고 있다.

오늘 또 하루가 지났으니 너한테 갈 날이 하루 더 빨라졌구나.

양력 5월. 지천에 꽃이다.

너는 꽃을 좋아했니라.

꽃을 좋아하면 외롭다는디 이렇게 먼저 가서 외롭게 있을 것을 미리 알았든가 너는 어려서부터 꽃을 좋아했니라.

그래서 내가 너 어렸을 적부터 길가에 핀 국화며 과꽃을 꺾어다 니 방에 두었었지.

그때는 변변한 꽃병도 없을 때니 박카스병을 깨끗이 씻어서 거기다 꽃을 꽂아 니 책상 위에 갖다놓으면 너는 참 좋았했니라.

꽃보다 이쁜 내 새끼, 하얀 잇속 드러내며 웃는 그 모습 한 번만 봤으면….

195

엄마— 하고, 이 못난 에미 부르는 소리 한 번만 더 들어봤으면….

죽은 너를 집 가까운 땅에 묻었더라면 너 외롭지 않게 내가 매일 매일 찾아가련만, 니가 좋아하는 꽃 매일매일 꺾어다 니 앞에 대령하련만….

내 새끼 불태워서 한 줌 가루 만들어 납골당에 두었으니 이 무식한 에미는 못 찾어서도 못 가네.

우리 딸 생각나서 가슴이 찢어져도, 우리 딸 보고 싶어서 눈이 짓물러도 나는 우리 딸 찾어가는 길을 모르네.

평생, 못 배우고 무식헌 거 누구 원망해본 적 없건만 내 새끼 있는 납골당 가는 버스도 못 타는 이 에미, 그 주소 하나 못 외우는 이 에미 무식이 한이다.

죽어서 너 있는 저승길은 제대로 찾어갈 수 있을랑가.

이 에미는 그것이 걱정이다.

아가, 내 새끼야.

혹여라도 이 에미 늦게 왔다 원망 말어라.

내 맘이야 어서 빨리 니 옆으로 가고 싶다만 하느님이 기다리라고 허신다.

때 되믄 보내 주시겠지. 지루허드래도 조금만 참어라.

이 에미는 매일 아침 눈뜨면 '아, 이제 우리 딸한테 갈 날이 하루 더 앞당겨졌네' 허는 기쁨에 산다.

이 에미 죽거든 니가 저승문 밖에 나와서 기다려도라.

이 에미 죽어서도 너 못찾어서 애타게 허지 말고 한시라도 빨리 보게.

제발 나 죽었다는 소식 듣거든 무식헌 에미 길 못 찾어 헤매게 허지 말고 제발 니가 나를 찾어도라.

예전에 내가 너 서울로 학교 보내놓고 김치 담어서 이고 서울역에 내리믄 달덩이 같은 얼굴에 함박웃음을 담고 엄마— 허고 뛰어왔듯이 그렇게 엄마를 마중 나와도라.

나는 늙어서 눈도 어둡고 무식히서 길도 잘 모르고….

아이고, 나는 지금 다른 걱정은 하나도 없네.

어서 가서 내 새끼 덜 외롭게 옆에서 지킴서 말동무 히줘야 허는디, 죽어서 우리 새끼 있는디를 제대로 못 찾어갈까 봐 그것이 젤로 걱정이네.

콩나물만 무쳐줘도 엄마 맛있다 여기다 뭐 넣었어?

하며 맛있게 먹던 내 새끼 없으니 부엌에는 들어가기도 싫네.

엄마— 하고 부르는 내 새끼 없으니 전화벨 울리는 것도 듣기 싫어서 코드도 뽑아버렸네.

딸허고 같이 오는 할망구들 보기 싫어서 찜질방은 절대 안 가네.

올 때는 발가벗은 채 아무것도 안 갖고 온 것이 갈 때는 어찌 이리 많은 것을 남겨놓고 갔더냐.

이리 보고 저리 봐도 니 손길 닿던 것이고, 시장엘 가도 우리 딸 좋아허는 것인디, 옷집엘 가도 우리 딸 좋아허는 색깔인디.

자다가 얼핏 니 냄새가 나는 거 같아서 눈 뜨믄 캄캄헌 방에 나 혼자 누워있다.

그러믄 혹시나 니가 왔는가, 니 영혼이라도 왔는가, 가만히 불러본다.

아가, 너냐? 엄마 딸이냐?

니 목소리가 어쨌더냐? 고왔더냐? 쉬었더냐?

나는 어쩌라고 이렇게 많은 것을 남겨놓고 가버리냐?

갈라믄 다 갖고 가제. 무거워서 못 갖고 가믄 정만이라도 갖고 가제. 아니다, 아니다.

내 새끼 젊디젊은 청춘 저승길 가는 걸음걸이가 얼마나 무겁고 힘들텐디… 놔둬라. 내가 다음에 갈 때 이고지고 다 갖고 가마.

내 새끼, 보고 싶은 내 새끼.

너한테는 참말 미안허지만 나는 니가 내 딸로 태어나줘서 고맙다. 니가 허락만 헌다믄 나는 계속 계속 너를 내 딸로 낳고 싶다.

세상천지 어딜 봐도 내 딸만큼 이쁜 딸 없더라.

미스코리아, 탈렌트, 열 줘도 내 딸 발톱허고도 안 바꾼다.

아가, 내 새끼야.

그거 아냐? 내가 이 세상에 와서 제일 보람된 것은 너를 낳은 것이다.

그리고 이 세상에 와서 한 일 중 제일 후회되는 일은… 그것 또한 너, 너를 낳은 것이다.